魔剣鍛冶師になりたくて! 2

I want to be a magic blacksmith!

岡沢六十四
イラスト：SAIPACo.

TOブックス

I want to be
a magic blacksmith!

イラスト：SAIPACo.

デザイン：福田　功

CONTENTS

登場人物紹介
Character
ギャリコ
ドワーフの鍛冶職人。エイジと共に魔剣を作ろうと心に誓った。
セルン
人間の勇者。先輩にあたるエイジを強くリスペクトしている。
エイジ
人間の元「覇勇者」。魔剣を作りたくてドワーフに弟子入りした。

29　旅の途中

今日も今日とてモンスター退治。

「セルン！　そっち行ったわよ!!」

ジャンジャン鐘のようなものを鳴らしながらギャリコが言った。

その鐘の音を嫌い、追い立てられるように暴走する巨大なムカデ。

メガリスイーターという名の勇者級モンスターだった。

「承知したギャリコ!!」

大ムカデの走行進路を塞《ふさ》ぐかのように、青き剣を振り上げて女剣士が躍り出る。

「この角度！　この間合い！　最高のタイミングだ！　食らえ!!」

仲間と共にモンスターを追い立てることで作り上げた絶好の瞬間。青の聖剣の勇者セルンは見逃さない。

「ソードスキル『一刀両断』!!」

聖剣より放たれるオーラの刃が、巨大ムカデにしっかりと命中し、その頭部を弾き飛ばした。

首から上が四散して消え去り、胴体だけとなる巨大ムカデ。

「やった！」

「勝ったわセルン！」

セルンもギャリコも、その成果に喝采を上げる。

が。

「……ん？」

「あれ？」

どういうことか、頭部を失ったはずの巨大ムカデはそれでも、胴体のみで暴れ狂うではないか。

どんな生物も、頭部を失えば絶命し、即座に動かなくなるのではないのか。

必殺の一撃を放った直後、しかも勝利を確信して気が緩み切っていたセルンは、この予想外の暴走に対処の余裕がない。

首なしムカデの爆走に轢《ひ》き潰される。

それ以外に為す術がない。そう思われる寸前……。

「ソードスキル『五月雨切り』」

頭上から降り注ぐ斬撃の雨が、巨大ムカデの体をいくつにも斬り刻んだ。ムカデ特有の節ある長い体が、その節ごとに細かくバラバラとなる。

上空より降りてくる一つの人影。

魔剣アントブレードを持った覇の剣士エイジが最後に現れた。

「エイジ様⁉」

「セルン、最後で大しくじりだな」

現れるなりエイジは、生徒を窘《たしな》める教師のような口調でセルンを責める。

「昆虫系のモンスターは総じて生命力が高い。植物系に比べればやや劣るものの、中には頭を千切り取られてもしばらく暴れ続ける、しぶといヤツもいる」

その典型が、今倒した大ムカデモンスター、メガリスイーターであった。

さすがにバラバラに斬り刻まれては暴れることもできず、今度こそ絶命して脅威は去った。

「各モンスターの特性をしっかり記憶することも当然だが、倒したと思ってすぐ気を抜くのも減点対象だな。『残心』の心得は聖剣院でもしっかり学ばされているはずだ」

「す、すみません……！」

勇者でありながら、実に初歩的な部分を突っつかれてシュンとなるセルンだった。

「そんなに言わなくてもいいじゃない‼」

ギャリコが、バラバラとなった大ムカデの残骸《ざんがい》をおっかなびっくり踏み越えながら駆け寄ってくる。

「セルンは毎回矢面に立って戦ってるのよ！　一番大変なんだから勝った時ぐらい労ってあげなさいよ！」

「いや、あのねギャリコ……、何故彼女に前線を任せているかというと……！」

勇者として成長を促すためであった。

新人勇者として経験の浅いセルンに戦わせて、成長させる。

それが引退した勇者エイジのとれる唯一の配慮だったから。

聖剣院とは反目するエイジであったが、新たな勇者が成長して人々を守れるようになるのは是非推進しなければならなかった。

そのためにこの旅では、モンスターと出会うたびにセルンを前面に押し立てて退治する。

それを何度も繰り返していた。

「アンタなんて、不測に備えて待機する楽な役割なんだから、少しは身の程弁《わきま》えなさいよ。むしろ今回なんてやっと実際働けて、役立たずでないこと証明できてラッキーぐらいに思うところよ!!」

「いいえ、あの……！」

セルンを庇《かば》うギャリコの烈火のごとき態度に、エイジはたじたじだった。

「いいのですギャリコ……！　私がミスをしたのは事実なのですし、エイジ様に助けていただかなければ死ぬところでした。それにしても……！」

セルンは、微塵《みじん》に刻まれた大ムカデの死骸を改めて見やる。

「強固な殻を持つ勇者級モンスターをここまで斬り刻むなんて……、しかも聖剣を使わず……」

「まあ、それはコイツのお陰だから」

エイジは手に持っている直剣を示す。

長めの刃渡りで、刀身がやけに黒光りしている。妖しい気を放つ剣だった。

魔剣アントブレード。

兵士長級モンスター、クィーンアイアントの殻から作りだした刀剣だった。

「コイツだからメガリスイーターの硬い殻を斬り裂けたんだ。モンスターは聖剣でしか斬れない。その常識を覆《くつがえ》すこの魔剣でね」

聖剣以外のいかなるものでも傷つけられぬモンスターも、そのモンスター自身ならば傷つけられぬかもしれぬ。

その発想の下、倒したモンスターの殻や角を原料に作りだされた武器。

それを名付けて魔剣と呼んだ。

魔物から作り出された剣ゆえに魔剣である。

アントブレードは、過去エイジたちが遭遇したモンスターを素材に作りだされた長剣。元となったクィーンアイアントは死骸を激しく損壊されていたため、素材になりうるだけの未欠損部位を見つけてくるのは大変だったという。

すべてギャリコの手柄だった。

魔剣を作り出せるのは、現状唯一ギャリコだけなのだから。

「ですが所詮クィーンアイアントは兵士長級。勇者級であるメガリスイーターを斬り裂いたのは、それこそエイジ様の技量によるものです。ともに旅するようになって改めてエイジ様の偉大さが身に沁みます……！」

「いやいやいやいや……！」

エイジは謙遜するように手を振った。

「セルン、キミだって充分大したヤツだよ。今は問題点を注意したけど、全体的には実に見事なモンスター退治だった」

「でしょでしょ⁉」

ギャリコが便乗して騒ぎ立てる。

「メガリスイーターを誘導して、自分の真ん前にまで来させる作戦も完璧だったし、決め手となったソードスキル『一刀両断』も相変わらず冴え渡っていた」

「いいえ。あの作戦は、メガリスイーターが高い金属音を苦手としている事実を見抜いたギャリコの功績です。それがなければモンスターを誘導するなどとても不可能でした」

「えへへ……！」

それを聞いてギャリコ、大ムカデが大嫌いな金属音を発する鐘を持ったまま照れる。

彼女自身がこの作戦のために即興で作り上げたものだった。

「ギャリコがモンスターの特性を見抜いて、それを有効活用できる道具を創作。セルンが作戦に取り入れてモンスター討伐を実行……」

彼らチームは、それをかれこれもう十回以上繰り返してきた。

『聖剣を超える剣を作る』という大目的のために旅立ったエイジとギャリコ。それに無理やり同行する形となったセルン。

特に聖剣を超える剣＝魔剣作りを直接実行する女ドワーフ、ギャリコは究極の魔剣作りのためにより多くの鍛冶《かじ》スキル値と魔剣作りのノウハウ蓄積を欲した。

そんな彼女の要望を叶えるため、エイジたちは各地を巡ってモンスターを探し出しては討伐。

その実戦経験によってレベルアップを図っているところであった。

「ここらで一回、二人のスキル値をチェックしておこうか」

「うんッ！」

「かしこまりました」

ギャリコとセルン。エイジの求めに少しも渋ることなく、指先で虚空に四角形を描く。

その四角の枠に沿って現れる透明な図板。そこに並ぶ数字。

スキルウィンドウであった。

ギャリコ
種族：ドワーフ
鍛冶スキル：２１９０
装飾スキル：１１７０
建設スキル：７３０
筋力スキル：６３８
敏捷《びんしょう》スキル：４５０
耐久スキル：８１２

セルン
種族：人間
ソードスキル：1890
筋力スキル：1340
敏捷スキル：1290
耐久スキル：1220
兵法スキル：1567
料理スキル：610

スキルウィンドウは自分の内を偽りなく晒《さら》し『他人にスキルウィンドウを見せるのは裸を見せるも同じ』とまで言われるが、今では乙女二人、エイジに奥底を曝け出すのに何の抵抗もない。

「うわぁ……！　上がってる上がってる！　セルンのソードスキル値なんか最初見た時の倍ぐらい上がってるじゃない!!」

「それを言うならギャリコの鍛冶スキル値だって……！　ついに2000を超えましたか

「……！　もはや覇勇者クラスではないですか……！」

余談ながら、かつては「セルンさん」「ギャリコ殿」とよそよそしく呼び合っていた二人も。いつの間にか敬称が取れて呼び捨てし合うようになっていた。

旅を通じて育まれたのは、スキル値だけではないらしい。

「成長おめでとー！　イエィ！」

「い、いえい……!?」

照れながらギャリコとのハイタッチに応えるセルンだった。

ただ一人、エイジだけが物静かな顔つきで。

「……そろそろ、いいかもしれないな」

と呟いた。

「？」

「何がです？」

その呟きに乙女二人が訝《いぶか》る。

「ここまでスキル値を上げられたんなら、もうゴールに向かってもいいと思ってさ」

そもそもエイジたちが旅に出たのは、明確な目的地あってのこと。

その目的地とは、この地上に繁栄する人類種の一つ、ドワーフ族。

そのドワーフ族がもっとも集まり、発展している都市。

ドワーフの都。

30　地母神の大盤振る舞い

ドワーフの都マザーギビング。

『地母神の大盤振る舞い』と名付けられたその都市は、大袈裟な名前に負けぬ豪勢さと豪快さを備えた都市。

まず全体の傾向としてドワーフは、鍛冶工芸という生業から原料となる鉱物を求め、鉱脈の上に居座る習性を持つ。

そうしてできるのが鉱山集落。

エイジとギャリコが再会したのもその一つであったが、ドワーフが首都と定めるマザーギビングも基本的に鉱山集落であることは変わりない。

ただし規模が桁違いだった。

ついでに言うと掘り出す鉱物の質もまったく違った。

世界最大の火山と言われるウォルカヌス山の麓《ふもと》に坑道を掘り、そこから採掘されるのは金や銀などの貴金属。

一種類どころか二種類以上掘り出される。

金銀だけに留まらず、ダイヤモンド、ルビー、サファイヤ、エメラルド等の宝石類。ついでに鉄や銅なども採掘される。

これだけ多種多様な鉱物が、無尽蔵と言っていいほどにザクザク産出される様は、それこそ大地の女神が景気よくご馳走を振る舞ってくれるかのよう。

ドワーフたちは味を占め、かれこれ五百年以上この地に居ついて坑道を広げているが、それでも掘削範囲はまだまだ多く残っている。

ドワーフ族全体が挙げる鍛冶製品の利益。そのうち八割がこのマザーギビングから産出されているというまさに大盤振る舞いの地。

それがドワーフの都だった。

＊　＊　＊

「……やっと着いたー！」

城門をくぐって眼前に広がる光景は、大都会と言っていい大賑わいだった。

行き交う人類種の数も種類も、他にはお目にかかれないほどに多くて過密。

「たまげたな……！　人間族の王都でもここまで賑わっているのはそうそうないぞ……！」

人間族の勇者として旅慣れているはずのエイジですら、ドワーフの都の繁栄ぶりに驚きを隠せない。

「そうでしょう、そうでしょう！　ここはさすがに自慢していいところでしょ!!」

同じドワーフの一員としてギャリコが鼻高々だった。

急にウザい。

「そう言えば、ギャリコはドワーフの都にいたことがあったんだっけ？」

「そうよ、三年だけあの街で暮らしたわ」

都会で暮らしたことのある自慢であった。

実にウザい。

「鍛冶を学びに行っていたの。鍛冶スキルを上げるためには、やっぱりちゃんとしたところで勉強するのが一番いいから」

「留学……、というところでしょうか？」

たしかに鍛冶スキルを上げるための勉強ならば、鍛冶をもっとも得意とするドワーフ族の、もっとも栄える都こそが一番よい学びの場となろう。

「鍛冶関係において、あそこに行ってできないことはないわ。ハルコーンの角も必ず精錬できる！　そのためにドワーフの都よ！　アタシは帰ってきたわ！」

「さすが建築スキルも全人類種一なだけはあります。高い城壁に、乱立する城のようなお屋敷……。これだけ立派な街並みは生まれて初めて見ました」

「人間族の王城は、大抵ドワーフの名のある大工に大金払って建てさせたものだしな。やはりモノづくりにかけてドワーフの右に出る者はいまい」

「そーでしょ、そーでしょ!!」

ギャリコがさらに鼻高々になっていた。

「こういうのを実際見せられると希望が湧いてくるな。本当にここで、不可能を可能にすることができるのかもしれない」

小規模の製鉄炉ではビクともしなかったハルコーンの角を、精錬できるかもしれない。

そんな期待が膨らんでいく。

「そうよね、アタシたちはそのためにわざわざ都くんだりまで出てきたんだから。わき目もふらず目標へ邁進すべきよね!!」

「じゃあ早速行こう！　ハルコーンの角を溶かしに!!」

エイジ、ギャリコが意気揚々を進み始めたその時だった。

「あのー、思ったのですが……！」

セルンがそっと手を挙げた。

「本当にそんなこと可能なのでしょうか？」

「ん？」「んん？」

ギャリコとエイジが順番に振り向く。

「どういう意味だセルン？　このドワーフの都にある炉でも、ハルコーンの角は溶かせないと？」

「あ、いえ……！」

「たしかに確言はできない、でも世界中すべてを見渡して一番可能性が高いのはここなんだ。とにかくもまず試してみないことには何も進まないじゃないか」

「いえ、私が言いたいのはそういうことではなく……!?」

ドワーフの都にある高熱炉が角を溶かせるかどうかではなく……。

「その高熱炉を使わせてもらえるのかどうかです」

「んッ!?」

セルンの指摘に、エイジは一瞬言葉が詰まった。

「前々から疑問に思っていたのですが、都の繁栄ぶりを見て、口に出さざるを得なくなりました。これだけ発展した街の、恐らく高度に組織化した施設。ドワーフの高熱炉というのはその一部でしょう？」


掘り出した鉱物を加工して売り出し、その利益でここまで発展した都市。

高熱炉とはその利益過程の一部を担う重要な施設と言えよう。

「そんな重要施設を、個人に過ぎない私たちが『使わせてくれ』と要求して、すんなり受け入れてもらえるのでしょうか？」

「あ！」

「やっぱり思い至っていなかったのですか⁉」

時々エイジは物凄く抜けていることがある。

「せ、セルンは聖剣の勇者じゃないか……！　その名声でさ、パーって……！」

「覇勇者の栄名を投げ捨てたエイジ様がそれを言うのですか？」

そこを指摘されるとぐうの音も出ないエイジである。

「それに勇者の権能は、その種族それぞれの内側に限られています。人間族の勇者が、その立場で他種族に何かを要求することはできません」

同じ人間族ならば、人間の勇者に従い、勇者のために便宜を図るのは当然のことながら、他種族であるドワーフにそんな義理はないのである。

各種族の聖なる武器を管理する機関――たとえば聖剣院、聖槍院、聖弓院など――は基本的に没交渉で、場合によっては敵対することすらあるので、益々横の繋がりは期待できない。

「うはあああ……!?」

思わぬところで降って湧いた――普通ならば予想していてしかるべき――問題にエイジは渋面した。

「ど、どうしよう……!?　ここに来て大ピンチに……!?」

「なってないわよ」

蒼白のエイジに対して、一番土地に関わりのあるギャリコは澄ました表情だった。

「そんな問題予想していないなんてアナタだけよ。ここはアタシに任せておいて。何せここはドワーフの都なんだから！」

「おお！」

ドワーフのことはドワーフに任せる。

ここに来てギャリコの存在感がグッと増してきた。

＊　＊　＊

「ここよ」

戸惑うエイジ、セルンを連れて、ギャリコはある場所へと移動した。

ドワーフの都内であることはたしかだが、メインの通りからかなり外れたところにある静かな場所。

そこに、個人の邸宅とは明らかに違う大きな建物があった。

敷地が塀に囲まれていて、個人宅というより公共の施設であることがわかる。

「ここは……!?」

何故こんなところに連れてこられたのかとエイジたちは首を捻《ひね》るばかり。

ギャリコからはここまで一切説明はない。

「さっきも言ったじゃない。アタシ、前ここに住んでたことがあるって。鍛冶の技術を学ぶためにね」

「まさか……!?」

この巨大な建物を見上げて、思い当たる。

「ここは学校なの。ドワーフの鍛冶学校。聖鎚院《せいついいん》に付属している、ドワーフの勇者を補佐する鍛冶師を育て上げるための学校」

その名をスミスアカデミー。

31　ドワーフの兄弟

ドワーフの鍛冶学校スミスアカデミー。

そこは全人類種の中でドワーフがもっとも得意とし、他種族に誇る鍛冶技術を学ぶための施設だった。

自慢の技を高水準に保ち、さらに上へと発展させていく。

その目的のために立ち上げられ、長く運営されてきたこの学校は多くの卒業生を送り出し、今なお千人近くの在校生を抱えている。

修学期間は五年。

希望すればどの年齢からでも入学可能だが、入学資格は当然ドワーフ族のみに限られ、厳しい入学試験にパスしなければならない。

ドワーフ族の聖なる武器を管理する機関、聖鎚院が主催して、卒業後はほとんどの人員が聖鎚院お抱えのエリート鍛冶師となる。

入学すればすぐさま栄光に満ちた人生が約束される、ドワーフ族にとって出世栄達の登竜門。

そこがドワーフ族の鍛冶学校。

スミスアカデミーだった。

＊　＊　＊

「ギャリコ！　ギャリコ！　よく来たのですねえ！」

上品に髭《ひげ》を整えた年配ドワーフが、諸手を広げてギャリコのことを出迎えた。

心から彼女との再会を喜んでいるかのような態度だった。

「デスミス先生！　ご無沙汰しています!!」

ギャリコも負けじと明るい表情で、その腕の中に飛び込む。

親しみがギュッと搾り出るような熱い抱擁を交わし合って、二人は改めて離れた。

そしてギャリコが、エイジたちの方を振り向いて言った。

「紹介するわ！　この人はスミスアカデミーの講師でデスミス先生。アタシがここの生徒だった時にお世話になった人なの！」

デスミスと呼ばれたドワーフは見た目的にも恰幅のよい中年男性。

しかし都会暮らしのせいか気配が洗練されており、紳士然としていた。

「あと、アタシのお父さんの弟で、だからアタシの叔父さんに当たるの！　この街に住んでいた時には本当にお世話になったわ！」

「お父さんの弟……⁉　じゃあ……⁉」

エイジの脳裏に、ドワーフ鉱山集落で散々お世話になった親方ダルドルの、豊かに蓄えられた髭顔が思い浮かんだ。

「はいです。ダルドルは五人兄弟の一番上、ワタシは四番目に当たります。兄はみずからの才覚で鉱山を探し当てて親方にまでなりました。兄弟の出世頭です」

「先生だってスミスアカデミーの講師なんて超エリートじゃないですか！　お父さんも、お祖父ちゃんお祖母ちゃんも凄く自慢にしているし、アタシが昔ここで学べたのも先生がいてくださったおかげです！」

「ホホホホホ……」

デスミス先生は、照れているのか誇っているのか判じ難い表情で整えられた髭を撫でていた。

その髭は男ドワーフのトレードマークのようなものだが、兄ダルドルのように豪勢な伸ばし放題ではなく、短く切り揃えられた上で整髪料のようなものでピシッと固められている。

いわゆるカイゼル髭というものだった。

ドワーフにおいては髭の長さ豊かさが男らしさの証だとエイジは聞いていたが、それよりも形のスマートさの方が優先される辺り、都会の風潮なのだろうか。

「ドワーフは早婚多産で、繁殖力はゴブリンの次に高いと聞いています」

エイジの横に控えるセルンが、ひそひそと言う。

「兄弟同士の繋がりが強く世界各地に散らばった親類を頼ることがドワーフの世界では多いのだとか。これもその一環なのでしょうか？」

「世界中に散らばって血族ネットワークを形成することもあれば、まとまって力を合わせることもありますです」

デスミスが解説に加わり、ひそひそ話していたつもりのセルンはギクッとする。

「兄ダルドルの鉱山集落は、まさにそっちですね。兄は義姉さんとの間に九人の子どもを設けましたが、そのほとんどが父親の下で働いています」

実際ギャリコも、父ダルドルが治める鉱山集落の坑道エリア監督役を任されていた。他にも製鉄エリア、鍛冶エリアなどそれぞれを親方の息子たちが預かっていたはずだ。

「そうやって一丸となって助け合っていく方が、本来のドワーフ兄弟の生き方です。ワタシは軟弱で……、ダルドル兄さんたちの豪快さについていけなかったので都会に居ついてしまったのですよ」

そんな劣等感とも謙遜ともつかない声色に、エイジはこの中年ドワーフから複雑なものを感じ取った。

人類種、誰だって自分にしかない特別な事情を抱えているものだ。

「そういうことなので、離れて暮らす姪《めい》っ子から頼りにされることは、とても嬉しいことなのです。まして教師としても、ギャリコはワタシが教えてきた中で一番の生徒です」

幾分身内びいきが交じっているかとも思われたが、そうでもない感じだった。

「ダルドルから便りを貰っていて、大体の事情は汲んでますです。……まずは、人間族の覇勇者エイジ殿」

「はいッッ!?」

デスミス教師が深く頭を下げたことにエイジは戸惑った。

親方ダルドルから手紙を受け取ったと言っていたが、そこに色々と書いてあったらしい。

「他種族とは言え、聖なる使命を背負うアナタのお目にかかれたこと、この世界に生きる一人として光栄に思いますです」

「いや待ってください！　僕はそもそも聖剣院を辞めていましてですね!!」

「アナタたちがここに来た目的は、兄の手紙にて了解しておりますです。腰を抜かしそうになる画期的な名案です」

魔剣のことを言っているのだろう。

親方ダルドルの口の軽さを責めるべきか。もしくは、このエリート講師を務める弟が信頼されていると値踏みすべきか。

「ワタシとしては喜んで協力させていただきますです。そもそも五年前に可愛い我が姪を救っていただいた方。その恩は一族を挙げて報いねばなりませんですから」

「いえ、あの……！」

またしても五年前に幼いギャリコをモンスターから救った一件を持ち出されてドギマギするエイジだった。

ギャリコの方も、叔父デスミスの後ろで顔中真っ赤にしていた。

「ここスミスアカデミーは世界最高の鍛冶師を育てる学校です。この学び舎には、鍛冶の知識すべてが所蔵されているです」

「おお！」

「それらを総動員すれば、覇王級モンスターを救世の武器に変えることも必ずできましょう。及ばずながらこのワタシも助力を惜しまぬつもりです」

デスミス先生の全力を尽くす宣言に、話がトントン拍子で進んでいく手応えを感じるエイジ。

嬉しいことではあるが、そういう状況だからこそ唐突に落とし穴が開かないかと逆に心配にもなった。

「では早速、ブツを見せてもらうのですよギャリコ」

「ハイ先生!!」

ギャリコは実に素直に、背負っていたリュックを下ろし、ハルコーンの角を取り出した。

すべての行動の中心になっているブツ。

「これが覇王級モンスター、ハルコーンの角ですか……! こうして眺めているだけでもゾクゾクする寒気を感じますです……!」

兄ダルドルからの手紙で大体のことは既知しているのだろう。話が早い。

「この角に含まれている鉱物を精製したいんですが、父の集落では溶かすことができませんでした。ここドワーフの都なら、何かよい手段があるのではないのかと……!」

「わかりました。何よりまずは、この素材のお手並み拝見と行きましょうです」

デスミスが、パリッとノリ付けされているシャツの袖を捲くって、いかにも教師然としてきた。

「ところでギャリコ、アナタやっぱり鍛冶スキルばかりに没頭して他のスキルを上げていないようですね?」

「いいッ!?」

いきなり教師的お小言を貰うギャリコ。

やはりこの叔父と姪。師弟の絆も厳然と存在している。

「ドワーフ固有の生産職スキルは採掘、精錬、建築、装飾、鍛冶の五つです。その中でもっとも重要なのは当然鍛冶スキルですが、アナタはその鍛冶一点に執着しすぎるので他スキルが疎かになるです」

「は、はい……！」

「一流の鍛冶師になりたければ、すべてのスキル値を上げなければいけません。兄貴もそれを思ってアナタを坑道エリアの監督役に就かせたと言っていましたのに。アナタは自分の好きなことだけを追求しすぎですね」

「はいぃ……!?」

ギャリコが、鍛冶関係のことでここまであからさまに叱られているのは意外な光景だった。

特にエイジにとっては、過去鉱山集落の見習いとしてギャリコに叱られまくった経験があるだけに、そのギャリコですら鍛冶で頭の上がらない相手がいることに世界の高さを実感せずにはいられない。

「ワタシがこうしてアナタを叱っているのは、アナタがある程度の精錬スキルを修めていれば当然しているであろうことをしていないからです」

「え？」

精錬スキルを修めていれば、当然していること。

「基本的鍛冶スキル『状態把握』は、対象となる無機物の状態を調べるとても便利なスキルです。鍛冶仕事には、鍛えるものの状態をしっかり調べておくことは必要不可欠ですから」

「それは……、わかります」

「『状態把握』の奥深さは、鍛冶スキル値に比例してわかることがたくさんになっていくことです。しかもそれだけではありません」

「え？」

「鍛冶スキルだけでなく、他の生産職スキルと掛け合わせることで、驚くほど調べられる項目に広がりが出るのです。このワタシの鍛冶スキルは９９６。それに精錬スキル８４０を掛け合わせて見えるものは……！」

対象とする物体の融点。

32　女生徒

固体にはそれぞれ、どれくらいの温度で熱すれば融解するかという温度が決まっている。

それを融点という。

鉄の融点は約千五百度。銅ならば千度ほどといった具合に。

デスミス教師は鍛冶スキルに精錬スキルを組み合わせることで素材の基本的情報を読み取り、どれくらいに熱すれば精錬可能かも調べることができた。

そして、その結果わかったハルコーンの角の融解点は……。

「よ、四千五百度……!?」

その凄まじい数字に、その場に居合わせた全員が凍りついた。

エイジやセルンのような素人でも即座にわかる無茶数字。

「これは想像以上です……！　ドワーフの都が誇る高熱炉でも、出せる温度はどう頑張っても三千度が精々……!!」

「それじゃあ……！」

ハルコーンの角を溶かすにはとても足りない。

従って剣に打ち直すなどとてもできない。

エイジもセルンも、この絶望的事態に頭を抱えた。

このままハルコーンの角精錬を諦めるとしても、究極の魔剣を作り出すには最高の素材は避けて通れない。

ハルコーンの角は、最高の素材であることに間違いないのだ。

これを使用しなければ、ギャリコやエイジの目指す最高の魔剣は作れない。

「上等です…………！」

どこからか、地を揺るがすような重い声が響いてきた。

「ワタシは常々思っていたのです。ドワーフが誇る鍛冶の技で、モンスターを捻《ね》じ伏せる機会が来ないかと。今こそまさにその機会だと受け取りました。この高慢ちきな角野郎……！　かならず捻じ伏せて別の形にこね直してやるのです!!」

「デスミス先生が……、燃えてる……！」

恩師の意外なほどの情熱に、言い出しっぺのギャリコまでドン引き。

「ギャリコ！　この程度で挫《くじ》けるわけにはいきませんです！」

「はい、先生!!」

「このスミスアカデミーは、世界中の鍛冶に関する知識と記録が詰まっていますです！　それを紐解けば、必ず方法が見つかるはずです！　四千五百度に届く方法が！」

「はい先生ッ!!」

師に引きずられて弟子も燃える。

「まずはこの部屋から始めるですよギャリコ。それっぽい情報が載ってそうな文献を選別、片っ端から読み漁《あさ》っていくのです!!」

「はい先生!!」

今更ながらであるが、現在ギャリコとデスミス、エイジセルンの四人がいるのは鍛冶学校スミスアカデミー内にある一室。

教師であるデスミス専用の研究室であるらしい。

そんな部屋を学校から貸し与えられるほどデスミスが教師として高い地位を得ているということでもあるが、その部屋が足の踏み場もないほどに本で埋もれていた。

すべて鍛冶関係の書物であるらしい。

その書物を一冊一冊ひっくり返して有用な情報を集めようというのだ。

この室内に、求める情報を書きとめた本がなかったら、今度は学校中の本を読み漁る気でいるのだろう。

エイジから見て気の遠くなりそうな作業だった。

「あ、あの……、僕にもできることがあれば……！」

「エイジは触らないで」

にべもない。

「エイジさん。ここにある書物は専門用語が多く、素人が一朝一夕で理解できる内容にはなっておりませんです」

「下手に重要な情報を見逃したりしたら全部の作業が無駄になっちゃうし、ここはアタシとデスミス先生で何とかするわ」

と触らせもしてくれない。

「いやでも……！　元々の言い出しっぺは僕なんだし……！」

「エイジ様、ここはギャリコたちの領分です。部外者が余計な口出しをしては現場を混乱させるだけのことです」

セルンにまで諫《いさ》められて立つ瀬のないエイジ。

「やることがなかったら観光でもしてきたら？　ドワーフの都は見るところ色々あるし、一通り見終わるころにはこっちも何かわかっているわよ」

「いや！　問題なのは僕自身の存在価値というか!!」

あくまで何かしら役に立ちたいと食い下がるエイジだった。

しかし、そうしてエイジが食い下がれば食い下がるほど、ギャリコたちの作業が遅れるという皮肉。

さらにそこへ、さらなるトラブルが舞い込んできた。

「失礼いたします!!」

ドバガンッ、とドアが破られるように開く。

その振動で積み上げた本が崩れそうになって、エイジが慌ててそれを支えた。

「やった！　少しだけ役に立てた!!」

虚しいエイジだった。

そんなことよりもデスミス教師の専用室へズカズカ上がり込んでくる人物。

それはやはりというかドワーフで、しかもかなり若い、むしろ幼いと言っていいぐらいの少女ドワーフだった。

明らかにギャリコ辺りよりも年下。

そんなドワーフ少女が、何故この場に現れたのか。

「デスミス先生。ワタクシ、先生に抗議するために参りました」

「はいです？」

ツカツカとデスミス教師の前まで歩み出るドワーフ少女。

ここでエイジたちにも何となく察しがついてきた。ここはドワーフの鍛冶学校で、デスミスはそこの教員。

ではこの少女は、生徒と考えるのがもっとも妥当ではないか。

「本日は、ワタクシのクラスで先生の特別講義があるはずでしたのに突然キャンセルなんて酷すぎますわ！　今すぐ戻って授業を始めてくださいまし！」

「いやいやいや……！　ガブルさん」

と、デスミス教師は突入してきた少女を呼ぶ。

ガブルさん。

「たしかに講義をキャンセルしたのは申し訳ないですが、ベルースト先生に代わりをお願いしましたです。彼の講義を聞いていれば、充分必要なステップアップはできますですよ」

「あんな新米教師の授業ではワタクシの知りたいことはわかりません！　デスミス先生が教鞭をとってくださるからこそ貴重な自習時間を割いて授業に出ましたのに!!」

うわぁ……、と横で聞いているエイジ、セルン、ギャリコは残らず呆然とした。

なんだかよくわからないが、この女生徒の自信は凄まじいものだった。

「お願いしますデスミス先生。今からでも戻って授業を始めてくださいな。それとも、このワタクシの成長を妨げてでも果たさなければいけない他の用があるとでも言うんですか⁉」

「そうなのですよ」

「先生⁉」

ガブルとやらの傲岸《ごうがん》不遜《ふそん》な物言いもかなりのものだが、デスミス教師の率直さも凄まじい破壊力だった。

ドワーフというのは皆こうなのか。

「今日はワタシの姪がやってきておりましてね。対応に手が離せないのです。しばらくそちらにかかりきりになると思いますので、ガブルさんは一層ベルースト先生の言うことを聞きなさいですよ」

「姪⁉　親戚ですか⁉」

ガブル嬢の視線が、ここで初めてギャリコに向いた。

ドワーフですらないエイジ、セルンについては完全に眼中から外れているらしい。

「……アナタが、デスミス先生の姪っ子さんだと言いますの？」

「え？　まあ、はい……？」

「デスミス先生には失礼ながら、田舎者丸出しなお人ですわ。こんな役にも立たなそうな人に時間を割くぐらいなら、このワタクシの成長を手助けする方がよっぽど有意義です！

デスミス先生のような優れた教師は、その能力を無駄遣いしてはいけませんですわ!!」

とにかく理解不能なレベルの自信過剰さだった。

「そこまで増長する資格は、一応あるのですよ」

やれやれと言った口調でデスミス教師が説明する。

「ガブルは、我がスミスアカデミーの最年少入学記録を持っているのですよ。十三歳で入学したのです」

「?」

「我が校は、入学に年齢制限はありませんです。その代わり試験がクソ難しくて、何度も浪人して二十歳以上で入学する者も多いのですよ。そんな状況と見比べれば、ガブルは充分な天才なのかもしれませんです」

二十歳以上でも不合格になりえる難関試験を、十三歳でパスした。

と言うならたしかに才能の芳しさを認めざるを得ない。

「そういうことですの……!」

とガブルは自慢げに髪を撫でた。

「しかしワタクシはそこで慢心などいたしません。より自分を高めるために日夜努力を怠らぬのですわ。そんな才能、鍛錬の双方を兼ね備えたワタクシのことを、アカデミーではこう呼んでいますの」

それこそガブルは自信たっぷりに言った。

「『マイスター・ギャリコの再来』と!!」

「んッ!?」

33　マイスター

マイスター・ギャリコ。

そのフレーズにエイジたちは呆然とさせる衝撃があった。

「まあ、そう言われただけでは、田舎者のアナタたちにはわかるはずもありませんでしょうが……」

と誇らしげに語るガブル。

「せっかくですのでワタクシが講義してあげましょう。田舎に帰った時の土産話にするのもいいですわ。そもそも……、『マイスター・ギャリコの再来』というからには、ワタクシ以前にも天才がいたということです。既に伝説となった天才が」

その天才こそ。

「マイスターの称号を賜《たまわ》ったギャリコ様ですわ！」

とガブルは宣言する。

目の前のギャリコに向かって。

「ギャリコ様は今を去ること四年前、このスミスアカデミーに入学なさいました。その当初から輝く偉才の持ち主で、本来五年間のスミスアカデミー修業過程を、たった三年で完了してしまったのですわ!!」

「へぇー、そうなんだ……ッ!!」

付き合い程度に相槌《あいづち》を打つギャリコだった。

「その才能能力は、当然スミスアカデミーの母体である聖鎚院からも高く評価され、聖鎚の勇者様専属の鎚師に抜擢《ばってき》されました。……しかしッ!!」

「ヒッ!?」

あまりの強い語り口にギャリコがビビる。

「マイスター・ギャリコはその話を蹴ってドワーフの都から去ってしまわれたのです!!ドワーフの鍛冶師にとって最高の栄誉職を辞退した理由はわかりません。権力におもねるのが嫌だったとか、より素晴らしい作品を制作するためとか諸説あります……！」

けれども。

「ワタクシはそんなマイスター・ギャリコを誰より尊敬しているのです!!　神の域というべき鍛冶の技。誰にも媚びない孤高の精神。それらはすべてワタクシの目指す最高の鍛冶師の具現ですわ」

「ははは……、そうなんだ……！」

「ワタクシがマイスター・ギャリコに近づくためにも、一日だって無駄にできない！　アナタたちのように日々を無駄に過ごすような輩とは違います！　その差を理解できたなら、デスミス先生の貴重な時間をワタクシに譲るべきなのですわ!!」

とギャリコに指を突きつけるガブルだった。

「はあ、何と言うか……、すみません……！」

ギャリコは圧倒されてしまって、ロクに反論もできないでいた。

「……あの、デスミスさん」

「はい、マイスター・ギャリコとはあのギャリコのことです」

デスミス教師は肯定した。

「さっきも言いましたが、ギャリコはワタシが教えた中でも最高の生徒ですよ。周囲も評価もそれは高かったのです」

「先生！　ギャリコ様の生話ですの⁉」

ガブルが露骨に食いついてきた。

「ワタクシ、入学したのが去年でギャリコ様に実際お会いしたことがないんですの！　お顔も知りません！　実際に会った人たちからギャリコ様のお話を伺《うかが》うのがワタクシとても楽しみなんです‼」

「うん、そうだね。……そうだと思ったよ」

力なく頷《うなず》くエイジだった。

「ギャリコは普通に天才なのです。スミスアカデミーの修業過程五年間を三年で終了させたと言いますが、実際のところは二年ちょっとなのですよ」

「ええッ⁉」

新たな事実にガブルまで驚く。

話の輪の外で、ギャリコが真っ赤な顔を両手で覆っていた。

「修業過程を終えてからは自分自身の課題に没頭していたのですが、聖鎚院からの登用勧告があまりに度重なるようになって都を去ってしまったのですよ。彼女は、自分の作りたいものしか作りたくなかったのでしょうね」

「素晴らしい高潔さです！　一流の鍛冶師とはそうあるべきですわ！　たとえ権力と真っ

向からぶつかり合うことになっても意を曲げない！　その心の強さこそが名作を生み出すのです‼」

ガブルは興奮しまくっていた。

「で、ガブル」

「はい先生？」

「そこにいるのがアナタの憧れるギャリコなのです」

とデスミス教師はギャリコのことを指さした。

「バラすなァァーーーーーーーーーーーッッ⁉」

ギャリコが絶叫した。

「何バラしてるの⁉　何バラしてるんですか叔父さん⁉」

「逆に聞きますが、隠す必要があるのです？」

「それを言われると！」

ギャリコはその場にうずくまるしかなかった。

「うもぉ……！　エイジが行く先々で身分隠す気持ちがわかった……！」

「わかるでしょう？」

感情を共有し合えたエイジとギャリコだった。

「またまた、デスミス先生冗談がキツすぎです！」

ガブルは、目の前にマイスター・ギャリコがいることをまだ信じられていないようだった。

そんな簡単に近辺をうろつく伝説などいないだろうと。

「そんなことはないのです。ギャリコはまさに今日、ドワーフの都に舞い戻ってきたのですよ」

「えぇッ⁉」

「嘘だと思うなら、この子を連れてアチコチ教室を回ってみるといいのですよ。ギャリコがスミスアカデミーを去ってまだ一年。在学時を共に過ごした学友はたくさん残っています」

「……ッ！」

ガブルは、しばらく思いつめたような表情をしていきなりギャリコの手を取った。

「ちょっと！　一緒に来て下さいまし!!」

「ええーッ⁉　まさか本当に各教室を連れ回すつもり⁉」

「マイスター・ギャリコをご存知なのはやはり最上級クラス！　行きますわよぉーーーーーッ!!」

「ぎゃあああ!!　待って待って！　アタシ在学中は天才ならではの生意気さと言いますか！　周囲から顰蹙《ひんしゅく》買ってて今さら顔を合わせ辛い！　やめて！　やめてえええええ

えッッ⁉」

ガブルは少女の外見に似合わぬパワーでギャリコのことを引きずっていってしまった。

「外見は少女でもさすがドワーフ。腕力強いな」

「それを言ったらギャリコもドワーフなんですが」

ギャリコが引きずられていくのを止めもせず傍観するばかりの人間チームだった。

＊　＊　＊

やがてスミスアカデミーのそこかしこから沸き起こる歓声。

天才の帰還を驚き祝う声。

ガブルの「失礼いたしましたぁぁぁ！」と平謝りする声。

そしてギャリコの恥ずかしさに泣き叫ぶ声が混沌として響き渡った。

34　輝く鎧

「ギャリコがそんなに凄い人だったとは……！」

素直に感心するエイジ。

「まあ僕が出会った時から鍛冶スキル値1000以上あったし。普通ではないとは思っていたけど。まさか天才レベルだったとは……⁉」

「そこの人間族！　失礼ですわよ‼」

ガブルがエイジに怒鳴り散らした。

「ギャリコ様はスミスアカデミー始まって以来の超天才！　これから百年はその名を呼ばれ続けるのですわ！　でもアナタなどが気軽に呼んでいい名ではありません‼」

『マイスター・ギャリコの再来』を自称するガブルは、正体の判明した今ギャリコにべったりしていた。

「だからギャリコ様が鍛冶スキル値1000以上あったところで極めて自然！　普通の出来事って、……せんいじょう⁉」

ガブルのセルフノリツッコミが炸裂。

「ちょっ、本当なのですかギャリコお姉さま⁉　鍛冶スキル値1000なんてアカデミー教師の中にもなかなかおりませんわ！」

「誰がお姉さまよッ⁉　アンタ手の平返しが露骨すぎない⁉」

「ワタクシの無知がもたらした愚行は悔いて余りありますわ！　……で、お姉さま本当に鍛治スキル値が1000もあるんですか⁉　もし本当なら凄いことです⁉」

「……いや、今はもう1000じゃないわよ」

「え？」

「2190だから」

「にせんんんんんーーーーーーーーッッ⁉」

ガブルが泡吹いて卒倒しそうになった。

「にせん！　にせん以上だなんて過去を遡っても聞いたことありませんわ‼　ギャリコお姉さまって！　本物の天才なんじゃないですか！」

どんな類のスキルだろうとスキル値2000を超えたら覇勇者級。

今やギャリコは覇勇者級の鍛治師ということになる。

「ああ……、そんなギャリコお姉さまと直にお話しできるなんて！　夢のようです！　今日がこんなに素晴らしい日になるなんて、朝目覚めた時には想像もしていませんでした……！」

ちょっと引くぐらいに陶酔しているガブルは……。

「こうなったらお姉さま！」

ガシッとギャリコの腕に抱きつく。

「ワタクシをアナタの直弟子にしてください！　アナタの天才の技を、是非一番近くで学ばせてください!!」

「アカデミーの勉強をちゃんとしろ！」

二人のやり取りを間近で見てエイジは「どこかで見た光景だなあ」と既視感に打ち震えていた。

「鍛冶スキルを学びたかったら、スミスアカデミーこそ最高の環境でしょう？　そんな恵まれた環境にいるんだから焦らず先生に言われた通りに学べばいいのよ」

ギャリコの周囲には、エイジやガブルだけでなくスミスアカデミーで学ぶ若きエリートドワーフでごった返していた。

誰もがこの学校で学び、エリート鍛冶師になることを夢見る俊英たち。

そんなドワーフたちにとってギャリコは神の座にいる者であり、もっとも明確な目指す頂点だった。

彼女のことを知っている生徒も知らない生徒も、分け隔てなくギャリコのことを揉みくちゃにする。

「ぎゃあああああーーーーッッ⁉　ちょっと待ってちょっと待って！　アタシはやることがあってアカデミーに戻ってきたのに、これじゃ一向話が進まない……！　ふぎいいい……！」

ギャリコが揉みくちゃに押し潰される声がした。

それでもエイジたちは助けないというか、助けるために付け入る隙もない。

「というかなんか不思議な気分だな」

「そうですね、ギャリコは出会ってからずっと一緒に旅してきましたから。凄い人と言われても実感が持てません」

エイジにもセルンにも、ギャリコは親しみある旅の仲間で別段特別な者という感じがしない。

もっとも人間族の覇勇者を辞退した者と現役勇者から見れば、特別な者こそ普通の者かも知れないが。

「何て無礼な物言いですか!!」

そんなエイジたちにガブルが噛《か》みついた。

「アナタたちのような他種族が、何故ギャリコお姉さまと同行しているか知りませんが、他種族だからきっとお姉さまの凄さに気づかないんですわ！　そうでなければアナタたちのように程度の低い人が、ギャリコお姉さまと一緒にいられるはずがありません！」

「アナタ失敗に学ぶとか、一度起きたことを警戒するとかしないの？」

ギャリコが人ごみの中から脱出しつつガブルを窘める。

「でもお姉さま……！　そうですわ、実際にギャリコお姉さまが作った傑作を見せれば、嫌でもお姉さまの偉大さがわかりますわ!!」

「は?」

「そこの人間族、ついてきなさい! 一目でギャリコお姉さまの偉大さがわかるものを見せて差し上げます!!」

「ええええええ? 何々何々?」

「本当に強引なドワーフ娘ですね……!」

エイジとセルンを引きずってガブルが目指した先は……。

＊　＊　＊

「鎧?」

スミスアカデミー校舎の一画……、というかほぼ中央。

そこは講堂というか大きく開けたスペースがあり、その各所にはショーケースに入って様々な鎧やら鎚やらが飾られていた。

さらにその中央に、一際煌《きら》めく豪勢な鎧。

「『プラチネスの鎧』ですわ!!」

全体が純白に輝いていて、貴金属製であることが素人目でもわかった。

表面はビッシリと美しい彫刻が敷き詰められていて一部の空白もない。各所にふんだんに宝石もはめ込まれており、豪華さばかりが飛びぬけた鎧だった。

「これこそギャリコお姉さまが作成した鎧ですわ!!」

「えッ!? そうなの!?」

「技術点、芸術点、独創点すべてにおいて満点を叩き出し、スミスアカデミー最高優秀賞を受賞した作品ですわ! 今でもこうしてアカデミー校舎の中央に飾ってることも、これ以上の作品がないことの証!」

どうだ、と言わんばかりのガブル。

しかし鍛冶に関しては素人のエイジたちにしてみれば、単純に「凄い」という以外に感想もなく。

「あー、まだ飾ってあったんだ、これ」

追いついてきたギャリコが自分自身の作品を見上げて、不快気に呻いた。

「ギャリコお姉さま! ワタクシ、アナタがアカデミーに残したこの鎧を一目見て感銘を受けたのですわ! それ以来ワタクシはまだ見ぬアナタを目標として……!」

「……自分で作っといてなんだけど、嫌いなのよね、この鎧」

「あれえええええええッッ!?」

予期せぬ一言にガブル当惑。

自分が相手に憧れるきっかけとなった傑作を当人が嫌いと断言すれば、それは戸惑いもしようが。

「な、何故ですのお姉さま⁉　この鎧はアカデミーからも聖鎧院からも評価されて、芸術性もひときわ高く……⁉」

「だからよ」

ギャリコはあっさり言った。

「鎧は武具よ。武器と同じで戦いの道具なの。その道具に芸術性を求めてどうするのよ？」

武器に必要なのは機能性、実用性。

いかにして効率的に敵を打ち砕き、同時に使用者の安全を守るかが出来不出来の基準。

「それなのに聖鎧院の連中は、機能性なんかそっちのけで彫刻の対称性とか宝石の数とかどうでもいいところにばっかり加点して……！　こんな鎧が実戦で何の役に立つのよ！　そもそもこの鎧の材質として使った金やプラチナなんてやたら高いだけで実用性もない！　柔らかい上に無駄に重くて、こんなの着ても動けなくなるだけよ！　戦闘なんて論外だわ‼」

「どうどう」

「どうどう……‼」

激昂するギャリコをエイジとセルンが二人がかりで宥める。

「で、ではお姉さまはなんでこの鎧を作ったんですか……？」

そんな気に入らないことだらけの鎧を。

「あ？　だってこれ卒業試験用の課題作品だもん。審査員の気に入る趣味じゃないと合格出してもらえないじゃない」

「あー」

横で聞いてるエイジが世知辛い顔をした。

「煩わしい課題から解放されて剣作りに没頭するためにも、信念を曲げてケバケバしさを追求したのよ。そういう意味でもこの鎧、我が生涯最悪の駄作と言っていいわね」

「駄作……!?」

その一言に真正面から殴りつけられるほどの衝撃を受けるガブル。

理想を現実が吹き飛ばしていくまさにその瞬間だった。

「じゃあ……、お姉さまにとって、お姉さまの理想の武具とはどんなものなのですか？」

「決まっているわ。機能性よ」

ギャリコは明言した。

「敵を倒す……。モンスターを倒すというただ一点のみを追求し、余計なものをどんどん削ぎ落としていくシンプルさ。すべての虚飾を殺し尽くしたその先にこそ真の美しさがあるとアタシは思う！」

「ギャリコが語り始めましたよ」

「下手に邪魔しないのが一番早く済むんだよ」

旅の仲間たちはあしらいが慣れたものだった。

「アタシはその美しさに実際に出会ったことがある。それ以来ずっと、その美しさを追求してきたわ。そしてその美しさは、このスミスアカデミーにはないと悟った。だからアタシはここを去った」

「その、実際に見た美しさとは⁉」

「それは……！」

ますます食い入るガブルに、ギャリコが答えようとしたその時だった。

「うるせえ！」

またしても別の声が割り込んできたのは。

35　粗野なる麗人

「その声は……!?」

ギャリコの総身がビクリと震える。

ここ鍛冶学校スミスアカデミーの一区画は、生徒の優秀作品展示スペース的な様相を呈している。

その中央の一番目立つところにギャリコ作『プラチネスの鎧』が展示してあるのだが。

久方ぶりに舞い戻ったアカデミーの最優秀生徒ギャリコを一目見ようと、そこに多くのドワーフが集まっていた。

そうしてできた人垣が左右にさっと割れて、その奥から現れる全身鎧に身を包んだ覇気溢れるドワーフ。

「ゲゲッ!?」

そのドワーフの姿を一目見た瞬間、ギャリコは悲鳴ともつかない声を漏らした。

「ごちゃごちゃうるせえこと言ってないで、道を空けろ！　オレはギャリコに用があるんだ！　オレの邪魔してただで済むと思ってるのか⁉」

恫喝紛いの口調で鍛冶学校のドワーフ生徒を押しのける。

その傲岸極まる態度でガシャンガシャンと鎧を鳴らし、やってくるドワーフ。

身なりからして戦士職であることは間違いない。年若く、太く短い体つきは典型的な男ドワーフのもので、総身から力強さが溢れかえっていた。

そんな戦士風ドワーフは、ギャリコの前に立ち……。

「ど……！　ドレスキファ⁉」

その戦士風ドワーフを前に見て、ギャリコは名前らしいものを呼んだ。

というか次から次へと新しい人物が現れて、エイジはそろそろ頭の整理がつかなくなってくる。

「ギャリコ！　本当にギャリコなんだな‼　オレの下に戻ってきてくれたんだなーッ⁉」

戦士ドワーフは、感涙と共にギャリコの名を叫び、彼女へ駆け寄る。

両手を広げるので抱きしめようとしたのだろう。しかしギャリコは、子どもに絡まれたネコのような必死さで、その腕を掻《か》い潜《くぐ》って逃げる。

「ぎゃー！　なんでアンタがいるのよ⁉　アンタの職場は聖鎚院でしょう⁉　なんでアンタがここにいるのよ⁉」

二回も言う辺り、ギャリコがあの戦士ドワーフを毛嫌いしていることが手に取るようにわかった。

ドレスキファと呼ばれた、そのドワーフ。

一体何者であるのか。

「ここにいる連中が知らせてくれたに決まってるだろ⁉　オレの立場を考えれば、誰だってオレに媚びを売りたくなるのは当然だぜ‼　お前以外はな‼」

とギャリコを指さす。

「お前がこのドワーフの都からいなくなった時、オレがどんなに悲しみ傷ついたか……。だから今日、お前がオレの下に戻ってきてくれて本当に嬉しい！　もう二度とお前を放さねえぞ‼」

「勝手なことを言うな‼」

ギャリコは生理的嫌悪を込めて反論する。

「アタシは自分の用事のために訪ねただけよ。用が済んだら出ていくし、アンタのために戻ってきたなんてこれっぽっちもないわ‼」

「いいや、ここに戻ってきた以上、お前はもうどこにも行かず一生ここで暮らすんだ！　このオレの傍で美しいものを作り続けるんだ！　このオレ……！」

戦士ドワーフは力強く宣言した。

「聖鎚の覇勇者ドレスキファ様のためにな!!」

「「!?」」

その名乗りに、蚊帳の外だったエイジやセルンも反応せざるを得ない。

「覇勇者……!?」

「……ドワーフ族の、ですか？　たしかにドワーフが神より与えられた聖なる武器は、ハンマーだったと聞き及んでいます」

人間に聖剣があり、竜人に聖槍があり、エルフに聖弓があるように、ドワーフにもまたモンスターから自族を守るため聖なる武器を所有している。

それが聖鎚。

聖なるハンマーだった。

鍛冶という一芸に秀でているだけでなく、ドワーフは戦闘者としても他種族に引けを取らない。

人類種の中でも随一といわれる耐久スキルで、鈍重ながら粘りある戦いぶりでモンスターという脅威を退ける。

そうしたドワーフ族の戦闘面を一手に担う組織が、聖鎚を管理する機関、聖鎚院。

その聖鎚院でもっとも強い戦士と認められたのが、聖鎚の覇勇者。

「ええー？　ドレスキファ、アンタ覇勇者になったの……!?」

おめでとうとも言わず、至極迷惑そうなリアクションのギャリコ。

「おうよ。一年前ただの勇者として権力が足りず、お前を都に留めておくことができなかった。だが今は違う！」

今は聖鎚の覇勇者なので。

「ただの勇者と覇勇者じゃ、許された権力の範囲は桁違いだ！　その権力すべてをもって、お前が都から出る道を塞ぐ！　お前の来る場所は一つしかない！　このオレの専属鍛冶師っていう居場所しかな!!」

あまりにも身勝手な物言いは、傍で聞いている無関係な者にも不快感を催させるものだった。

まして多少なりとも関係を持つ者ならなおさら。

「聞き捨てなりませんね」

まず、ギャリコを庇うようにセルンが間に割って入る。

「相手の意思に関係なく、奪い取るかのようなそのやり口。男らしさのかけらもない」

「何だお前……!?　人間族？　他種族が何でここにいる!?」

「アナタとギャリコの間にいかなる因縁があるのかは存じません。ですがアナタの、女性の気もちを完全無視するかのごとき言動。私も同じ女である以上は見過ごせません。悪い男に付きまとわれて迷惑する友を、助けぬままでおれましょうか！」

「？」「？」

セルンの勇ましい物言いに、何故かギャリコもドレスキファも揃って首を捻った。

この新たなる登場人物ドレスキファの振る舞いは、明らかに女性の迷惑も顧みず付きまとうストーカーのそれで。しかも権力を笠に着て目的を遂げようというのだから二重にたちが悪い。

これが巷間に流布する物語であれば典型的な悪役男であろうが、そうしたセルンの認識が当事者二人に伝わらず、「？」を飛ばしているのは何故か。

「あ！」

ギャリコは思い当たったようだった。

「なるほどセルン勘違いしてるのね！」

「え？」

「たしかにドレスキファってずんぐりむっくりしてるし、鎧着てたら体のラインも見えないし、言葉遣いは乱暴だしで、昔からよく間違えられてたわ。他種族から見たらますます性別の違いなんてわからないわよねー」

「……チッ」

ギャリコが色々語る横で、当人のドレスキファが拗《す》ねたように舌打ちした。

「ドレスキファは女の子よ。ドワーフの中でも、あんな太くて短くて男ドワーフみたいな体型の女の子は珍しいけど。たしかにドレスキファは女の子よ」

「えええええええええええええ……ッ⁉」

これにはセルンもビックリだった。

「女……！　女の子なんですか⁉　この体つきで⁉」

「そうよ、その証拠に髭もないでしょう？」

「うるせえ！」

ドレスキファが赤面しつつがなり立てるので、ギャリコの証言に信憑性が増す。

基本ドワーフ族は、男に限り太身矮躯で体型が統一されており、他種族との見分けもつきやすい。

ただ女性の方が打って変わって他種族と大した違いもなく、見分けも困難。

ギャリコなども、やや平均より背丈が低いぐらいで乳尻も出っ張り腰はくびれ、おまけに顔の造形も整っているため、どの種族から見ても美女と認識されるだろう。

それに比べてドレスキファの、女とわかって実感できる無残さ。

「うるせえ!!」

彼女はまたしても怒鳴った。

「オレは性別なんて気にしてねえんだよ！　勇者に男も女も関係ねえ！　必要なのは強さとカッコよさ！　そのカッコよさを上げるためにも、ギャリコの作る鎧が必要なんだ!!」

粗野なる女勇者の瞳に、再びギャリコだけが映る。

「ギャリコ！　聖鎚の覇勇者として命じるぜ！　このオレの専属鍛冶師になって、オレのために鎧を作れ！　オレが覇勇者を引退するまでずっとだ!!」

「嫌です」

36　戦士のトレンド

「押し問答はそこまでにして……！」

ついにエイジまでもが口を挟む。

「そろそろギャリコの口から説明してくれないか？　この聖鎚の覇勇者さんとの関係を。

でないと僕らも迂闊《うかつ》に口出しできないし」

聖鎧の覇勇者ドレスキファの主張は、エイジたちにとっても到底承服できないもの。

しかし事情も呑み込めないまま騒ぎ立てても泥沼議論にしかならない。

エイジはこの辺り冷静に判断できる人物だった。

「もう！　アタシは自分の用事を済ませるために来たのに、全然話が進まないじゃないの！　次から次へと変なの出てきて!!」

「変なのってワタクシもですかお姉さま!?」

ドレスキファ登場ですっかり存在感を消し飛ばされたガブルが悲鳴を上げた。

「…………この太丸女のドレスキファとは……」

とつとつと話し始めるギャリコ。

とにかくエイジやセルンとも協力して反論していかなければ、この招かれざる珍客たちを追い返せないと判断したのだろう。

「……別に大した関係でもないわ。友だちでもないし一緒に仕事したこともない。よく考えたらまともに話したこともあんまりないかも」

「ギャリコ!?」

そんなギャリコの発言に、セルンもエイジも身を凍らせる。

「それって……！」

「正真正銘のストーカー……!?」

恐るべき者との遭遇に正気が削れ始める二人だった。

「違うわ!!」

必死になって弁明がましいドレスキファ。

「そりゃ、オレとギャリコはそんなに接点ないけどよ……！　それでもコイツの才能と価値を認めるには一目見れば充分なんだよ。コイツの傑作を見ればな!!」

と太女勇者が指さしたのは、ショーケースの中に入った光り輝く鎧。

「『プラチネスの鎧』……！」

「この鎧を見た時、オレは全身に稲妻が走った。こんな豪勢で美しい鎧を作れるヤツは最高の職人だってな。だから絶対コイツの制作者をオレの専属鍛冶師にしようと誓ったんだ！」

「勝手に誓われてもねえ……。少しはこっちの都合も考えてよ」

「なんでだよ!?」

ギャリコのボヤキから、再び口論が始まる。

「ここはスミスアカデミーだぜ！　そしてお前は、その生徒だろう!?」

「昔はね、今はもう辞めたから」

「辞めたからこそ、勇者の専属鍛冶師になるのが真っ当な出世コースじゃねえか！」

とまたエイジたちに皆目見当のつかない話の内容に突入していく。

それに気づいたギャリコが慌てて説明を付け加えた。

「……ホラ、さっき言ったでしょう？　このスミスアカデミーは、聖鎚院付属の学校だって」

「あ、うん……？」

「この学校の主宰はあくまで聖鎚院。その目的は、モンスターと戦う聖鎚の勇者を、鍛冶でサポートする人材を育て上げることなの」

ドワーフがもっとも得意とする鍛冶工芸。

それを利用して戦いを有利に運びたいと思うのは当然の発想だった。

「そのため聖鎚院は、有能な鍛冶師を安定して大量に確保する仕組みを築き上げた。それがスミスアカデミーよ」

「では、ここで学ぶドワーフたちは、いずれ卒業したら聖鎚院に直接雇われるのですか？」

周りに目配せすると、野次馬として周囲に集まるドワーフたちがうんうんと頷いていた。

モンスターから種族全体を守る聖鎚院——もしくは聖剣院などの、聖なる武器を管理する機関——は、その重要性から各種族の公営機関と言っていい。

そんな機関に就職できれば、一生の安定が保証されるだろう。

「もちろん聖鎚院のお抱え鍛冶師と言っても色々ある。その中でも一番上なのが、勇者の専属鍛冶師だ。勇者から直接注文を受けて、勇者のためだけに鍛冶をする」

すべての作業がそれより優先されることはない。

まして今ギャリコは覇勇者ドレスキファに専属鍛冶師として求められているから、優先度は最高だ。

「それは鍛冶師にとって最高の環境じゃねえか！　給料もいいし名声も得られる！　ギャリコは一体何が不満だっていうんだ⁉」

「……思ったんだけど」

エイジが静かに問いかける。

「鍛冶技術をモンスターの戦いに有効活用するって、具体的にどうやるの？」

「え？」

「だって相手はモンスターだよ？」

通常の武器でモンスターに傷一つ付けられないのは、これまで何度も何度も立証されてきた。

人類種がモンスターを倒すには、神から与えられた聖なる武器を使うしかない。

「鍛冶師に何か武器を作らせたとしても、モンスターには一切通じない。じゃあどうやって鍛冶師は勇者をサポートするの？」

「他種族が素人丸出しで話の腰折ってんじゃねえよ。人類種の作った武器がモンスターに効かないなんて百も承知。でも他の鍛冶製品が戦闘の役に立つじゃねえか!!」

ドレスキファは自信に満ちて言う。

「たとえば鎧！」

「鎧？」

「そうだよ！　全身をビッシリ決めて出陣すれば勇気百倍、欣喜雀躍《きんきじゃくやく》！　普段の数倍の力でモンスターに立ち向かえる！　その鎧のように！」

と再び『プラチネスの鎧』を指さす。

「心底カッコよくて美しい鎧は、勇者に絶対必要なものだ!!　だからこそ腕のいい鍛冶師にサイコーにイカした鎧を作らせる！　それが聖鎚院の、スミスアカデミーに期待することだ!!」

そしてギャリコがスミスアカデミー在学中、最高評価の芸術性を備えた鎧を作成した。

「ギャリコこそ、オレのためにオレの鎧を作らせるに相応しい鍛冶師だ!!　ギャリコ！今度こそオレのために鎧を作ってくれ！」

「い・や!!」

ギャリコは不快さを隠そうともせずに答えた。

「何故だギャリコ⁉　何故オレの熱意をわかってくれないんだ⁉」

「わかんないのはアンタの頭の中よ！　フツーに作った武器がモンスター相手に役に立たないなら、フツーに作った防具だってモンスター相手に役立たないって！」

たとえ鉄や銅などから鎧を作り、体を守るのだとしても、所詮自然から産出された原料。その鉄で作った剣が、モンスターの甲殻の前ではウエハースのごとく砕けてしまうというのに。同じ材質でどうしてモンスターの爪や牙を阻めると思うのか。

「つまり……、鎧を着こんでも……⁉」

「モンスター相手に意味なんかないのよ。いえ、鎧の重さで動きが鈍くなるだけ不利になると言っていいわ！」

実際エイジなども、鎧など一切まとわず動きやすさを重視した衣服のみの装束だった。

では何故、ドワーフに限って鎧などの防具に気を配るのだろうか。

「だって、カッコいい鎧を着たらカッコイイじゃん」

率直に言った。

「勇者の価値はカッコよさだぜ？　どんだけモンスターを倒してもカッコよくなきゃ意味がねえ。だからこそオレたち勇者は、戦う前に身だしなみを整え、サイコーにカッコいい出で立ちにならなきゃならないんだ」

そのために、鎧。

「ギャリコの作った鎧は、オレが今まで見てきた中で最高の鎧だった！　ギャリコが、その職人魂のすべてを注いでオレのためだけの鎧を作れば、オレは世界最高の勇者になれるはずなんだ!!」

そしてまたしてもドレスキファがギャリコに迫った。

「わかっただろう！　ギャリコ！　お前は最高の鍛冶師の腕をオレのために振るうべきなんだ！　オレの専属鍛冶師になって、オレに鎧を作ってくれ!!」

「い・や・で・すッッ!!」

37　職人魂を捧ぐべき

「ね？　わかったでしょう？　アタシがここを去った理由」

エイジやセルンに同意を求めるかのごとく、ギャリコは訴える。

「コイツら結局、戦闘時の実用性とかじゃなく、見た目のカッコよさだの芸術性しかアタシに求めてないのよ。アタシたち鍛冶師に」

人類種の作り出したものは武器だろうと防具だろうとモンスターにはまったく通用しない。

だからその評価基準が実用性より造形に流れてしまうのは仕方のないことかもしれない。

しかしギャリコにはそれが我慢できなかった。

「鍛冶師は絵描きでもないし、音楽家でもない。創り上げたものを見て聞いて、それで感動しましたで終わりにはできないのよ！」

鍛冶師が作り上げるものはあくまで実用品。

使って役に立って、それで初めて完成なのだ。

今では、実用性など完全そっちのけで、装着すると動けなくなるような重量の鎧に、表面の鮮やかさやデザインの前衛性などで高評価を与えられる。

「アタシはそんなふざけた業界につき合いきれなくなったの。ついでにそこのバカ勇者から何度もしつこく付きまとわれたんで、嫌になって都を出たってわけ」

初めて語られるギャリコの過去。

「そういうわけでドレスキファ。アンタの専属鍛冶師になんてアタシはならないわ。作業の邪魔だからさっさと帰って」

おおお……、と周囲から動揺交じりの歓声が上がる。

スミスアカデミーの生徒にとって、目指すべき頂点というべき覇勇者の専属鍛冶師の座をあっさり蹴ってしまう。

それはある意味で反感を呼ぶ行為でもあるが、それ以上に職人のプライドを見せつける行為として畏敬の念を広げた。

「それで……！　それでオレが引き下がると思ってるのか!?」

表情に若干の悔しさをにじませながら、ドワーフ勇者は追い縋《すが》る。

あまりしつこいと見苦しさだけが際立つものだが。

「さっきも言ったぞ……！　オレは、お前が消えちまった一年前とは違う。勇者から覇勇者になったんだ。持ってる権力も以前とは格段に違う。どうしてもお前が断るって言うんなら、聖鎚院への不敬罪で牢にぶち込んでもいいんだぜ!!」

とメチャクチャなことを言う。

「まったくアンタはやることなすこと見苦しいわね。でも覇勇者になったぐらいでアタシをどうこうできると思ったら大間違いよ！」

「なにぃ!?」

「覇勇者ならこっちにもいるんだから！」

そう言ってギャリコが、グイと引っ張ってきた腕は……。

「このエイジだって立派な覇勇者なんだから！」

「はぁーーーーーーーーッッ!?」

いきなりとばっちりを食ってエイジ大驚愕《だいきょうがく》。

アカデミー生徒が詰めかける周囲も、唐突な発表に戸惑うばかり。

「覇勇者……、だと？　あの人間族が？」

「つまり人間族の覇勇者？」

「マイスター・ギャリコに人間族が連れ添ってて、何か変だと思ったけど……」

「他種族の覇勇者にまで求められるなんて……」

「やっぱりマイスター・ギャリコは一味違うぜ……！」

と噂話《うわさばなし》がかまびすしい。

「ちょっとギャリコさん！　いきなり何を言うんですかギャリコさん!?　こんなに速攻でバラされたのは、さすがに僕も初めてだよ!?」

「仕方ないじゃない！　アタシだって昔のしがらみでこんなに面倒なことになってるんだから、少しは被害を分け合ってよ!!」

テンパっているせいか主張も終始メチャクチャなギャリコ。

「とにかく！　専属鍛冶師って言うなら、今アタシはこの人の専属鍛冶師ってことになるわ！」

「言われてみれば……、たしかに……!!」

横で納得してしまうセルン。

「エイジと常に行動して、エイジのために剣を作ってるの！　アタシの作った剣を限界以上まで使ってくれる……！　私の作品にこれ以上ない信頼を寄せてくれる……！　職人にとってこれ以上尽くし甲斐のある依頼人はいないわ!!」

と、力を込めてエイジの腕に抱きつく。

「アタシはいわばこの人に身も心も捧げたの!!　だからアンタなんかに割いてやる技術も創作意欲も少しもないの！　わかったらさっさと帰りなさい!!」

言っていることがどんどん際どくなっていくギャリコに、現場は騒然となっていた。

ドワーフ一の鍛冶学校が生んだドワーフ一の女鍛冶師を、他種族の勇者が占有するというのだから、場合によっては穏やかには終わらない。

「許せるかよ……！　そんなこと……！」

プルプルと打ち震えるドレスキファの手に、黄金色の炎が熾《おこ》る。

「お……ッ？」

その炎の内側から、黄金色に輝くハンマーが現れた。

見る者の網膜を突き刺すような、清冽な聖気を放つ黄金鎚。

「いわゆる覇聖鎚か。……本当に覇勇者だったんだな」

何だか今まで信じられなかった、ドレスキファの覇勇者の事実。

動かぬ証拠を突き付けられて、認めないわけにはいかなくなる。

「性格というか態度というか……。覇勇者にしては粗忽《そこつ》な感じがするんだよな、この子」

「おいお前！　本当に覇勇者だって言うんなら、お前も出してみろ！　人間の覇勇者なら……、覇聖剣か!?」

黄金ハンマーを突きつけ唸る。

「勝負だ！　オレがお前を倒せばギャリコはオレのものだ！　ギャリコを賭けてこのオレと勝負しろ!!」

「そんなこと言われてもなあ……」

エイジは困った表情で頭を掻くばかりだった。

「一応弁明させてもらうけど、僕は覇勇者じゃないよ」

「何？　じゃあギャリコがウソをついたって言うのか!?」

「ただ覇勇者並みに強いと言うだけだ」

エイジが無言で手を伸ばすと、ギャリコもまた何も言わずに、背負ったリュックから一振りの剣を鞘《さや》ぐるみに取り出した。

その柄を取って引き抜くと、鞘だけがギャリコの手に残り、刀身はエイジがかまえる。

それは何の変哲もない鉄製の剣だった。

魔剣作りのノウハウを蓄積するための旅の途中、基本に立ち返ったりするためギャリコが打った剣の一振り。

「さすがギャリコ、僕が思った通りの剣を差し出してくれたな」

「いくら相手がバカでも、人類種に魔剣を使うわけにはいかないでしょ？　……でも」

ギャリコが心配気に尋ねる。

「元凶のアタシが言うのも何だけど大丈夫？　単純に勝つ負けるの話だけじゃなくて、他種族の覇勇者同士が戦ったら政治的にも大問題でしょう？」

「キミはそんなことを心配しなくていいのさ」

握った剣の感触を確かめながら、エイジは言う。

「キミが剣作りのことだけを考えられるように、煩わしいことは全部引き受ける。それが僕の役割だ。キミの創作意欲を邪魔するものは僕が残らず斬り捨てるので、安心して見ていてくれ」

38　聖鎚一掃

「オイオイオイ、マジかよ⁉」

「スミスアカデミーで、覇勇者と覇勇者がガチバトル⁉」

「人間族は何考えてるんだ⁉」

最初は舞い戻ったマイスター・ギャリコを一目見ようと詰めかけた野次馬が、まさに始まるドワーフの覇勇者VS人間の覇勇者との戦いに慌てふためく。

それでも距離を取るだけで退散してしまわないのは、世紀の勝負を見逃すまいとする物見高さゆえか。

「おい人間族、ふざけてるのか？」

黄金のハンマーをかまえて、男のように逞しい女ドワーフが言う。

「この覇聖鎚相手に、ただの剣で対抗しようなんて、勝つ気がないとしか思えないぜ」

「ただの剣じゃない。ギャリコがその手で作った剣だ」

鉄の鈍い輝きを、刀身が発する。

「材質がただの鉄でも、最高の職人が手掛けたものなら必殺の牙たりうる。そんなこともわからないでギャリコを求めているのか？」

「ふざけんな‼」

黄金の鎚から凄まじいオーラが発せられる。

その圧力に押されて見物人はよろめき、そこかしこに飾ってあるショーケースにヒビが入るほどだった。

「まず教えてやる！　オレのハンマースキル値は１７４６‼」

「？」

唐突に発表されたスキル値に、何の意味があるのか。

「どうだビビったろ？　覇勇者だからこそ刻むことのできる極めの数値！　名ばかりの覇勇者が、現実を知ってビビったんならさっさと逃げな！　ギャリコを置いてよ！」

覇聖剣を出さないエイジに、ドレスキファは疑いを持っているようだった。

規格外のスキル値で脅しを掛ければ恐れをなして逃げていくと、そう目論んだのだろうか。

しかし……。

「何の冗談だ？」

逆にエイジは胡乱な声を発した。

「メイン武器スキル値が１０００後半……？　覇勇者なら最低ラインは２０００だろう」

「えッ？」

その指摘に、ドレスキファは逆に飲み込まれる。

「エイジのソードスキル値は３７００よー」

「はあッ⁉」

向こうからギャリコの告げる数値に、ドレスキファこそ度肝を抜かれる。

「初めから違和感だったんだ。……ドレスキファと言ったな。キミの、覇勇者というにはあまりにも軽すぎる。気配、佇《たたず》まい、眼光……」

強者だけが嗅ぎ分ける、同類の匂い。

「キミのすべてが軽すぎる」

「んな……⁉」

知らず知らずのうちに、足が後ろに下がる。

既に気迫の強さで、鎚の覇者は剣の覇者に圧倒されている。

「「「ドレスキファ様‼」」」

すると何事だろうか。いくつもの影がドレスキファの脇を通り抜けてエイジの前に現れた。

ガシャガシャと重厚な鎧ずれの音を立てて。

やはりドレスキファ同様、仰々しい鎧に身を包む重武装ドワーフ。それぞれが色とりどりのハンマーを担いでいる。

「青の聖鎚ダラント！」

「白の聖鎚ヂューシェです！」

「赤の聖鎚ヴィストリアだぜ!!」

「黒の聖鎚デグ！」

「「「「聖鎚の四勇者ここに見参!!」」」」

男女それぞれ入り混じった四人のドワーフ戦士がエイジの前に立ちはだかった。

各種族それぞれに神が与えた聖なる武器。東西南北を守る青白赤黒と、中央を守る黄金の覇聖器である基本ルールを鑑みれば、彼らがドレスキファの下を支える、ドワーフの勇者たちということか。

「でもなんで全員揃ってるんだ？」

普通勇者は、自族の勢力圏を余すことなくカバーするために各地に散っているはず。何か重大なことがない限り一堂に会することなどない。

それが覇勇者まで含めて一ヶ所に集まっているとは。

「ドレスキファ様！　アナタが手を下すまでもありません！」

青いハンマーをかまえる青年ドワーフが言う。

「所詮この人間族、覇勇者を騙る偽物と見ました！　私たちの鉄槌で充分ですわ！」

白いハンマーを持つ女ドワーフが言う。

こちらは見た目からして体の凹凸が艶めかしく、性別の判じにくい覇勇者とは打って変わった美少女ドワーフだった。

「覇勇者様をお助けするのが務めの四勇者！」

「アナタに代わってザコを殲滅《せんめつ》いたします！」

さらに赤いハンマーと黒いハンマーを持つドワーフ勇者が叫んだ。

「待て！　バカお前ら下がれ!!」

上役というべき覇勇者ドレスキファの制止も聞かず、エイジ目掛けて殺到する四人の聖鎚勇者。

敵の実力を推し量ることができるだけ、まだ覇勇者の方がマシというところか。

しかしドワーフ族の勇者は総じて水準が低いということがこれで実証された。

「……『威の呼吸』」

襲い来る四人を前に、エイジは……。

「ソードスキル『辻風』」

一陣の風が、彼らを貫いていった。

正確には、風のごとき敏捷さで駆け抜けたエイジだが。

「えッ⁉」

「何ッ⁉」

「一体どうした⁉」

「風が……⁉」

先走った聖鎧の四勇者たちは、何が起こったのか理解もできない。

その頃エイジは、ドレスキファァの背後まで一気に駆け抜けていた。

「話にならない」

エイジは言い捨てた。

「ドワーフ族には本物の勇者など一人もいないと言っていいな。対処どころか反応すらできないとは。……セルン」

「は、はい！」

呼ばれてビクリと返事するセルン。

「そこで呆けている半人前どもに、何が起こったかキミから説明してやれ」

「はい、わかりました……！」

これもセルンを教育する一環か。

『ヤツらにはわからなかったようだが、キミにはわかるよな？』という無言の圧力にセルンは緊張する。

「……ソードスキル『辻風』は、突進系のソードスキルです。擦れ違いざまに皮膚の薄いところを舐めるように斬っていく。流麗さと技量に重きを置いたスキルです」

その説明に、聖鎚の勇者たちはいずれも戸惑う。

中には痺れを切らし、エイジへ追撃を食らわせようと身じろぎする者も……！

「動かないで!!」

それをセルンは鋭く制した。

「エイジ様は既に、『辻風』でアナタたち全員に刃を潜り込ませました。アナタたち自身が気づかないだけで、アナタたちはエイジ様に斬り捨てられているんです」

「「「な……ッ!?」」」

「動かないでください。今動いたら、辛うじて繋がっている切れ目も本格的に裂けて、形を保てなくなります……！」

「いや……！」

エイジが言い加える。

「もう遅い」

ビリビリ、ビリビリビリ……、と衣の引き裂く音を立てて、勇者たちの体から色々なものが落ちていった。

彼ら自慢の身を飾る鎧のパーツ。その下の衣服も絶妙なところを引き裂かれ、体表から留まりきれずに剥《は》がれ落ちる。

「きゃあああああッ⁉」

四勇者で唯一女性の白聖鎚ヂューシェが、露わとなった下着姿を両手で押さえつつ乙女の悲鳴を上げた。

他の男ドワーフたちも半裸になりながら、自慢の髭まで短く刈り揃えられて無様なことこの上ない。

「鎧とは防護のため体中を覆うものだが、身体の自由を確保する以上は関節部に隙間を作っておかなければいけない。そういうところに紐や革で柔軟性を確保するものだが……」

エイジはそこを、鉄の剣で斬り裂いたのだった。

その気になれば、もろとも人体の重要な血管や神経すら斬り裂けたが、あえてそこまではしなかった。

「やはり見てくれ優先で、接合部の頑丈さはかなりおざなりだな。簡単に斬れた。どうやらドワーフの勇者たちは何から何まで見掛け倒しらしい」

最後に一人。

「覇勇者まで含めてな」

部下たちの無様さを呆然と見せつけられる聖鎚の覇勇者ドレスキファ。

彼女の体からもビリビリと、そこかしこから衣の裂かれる音。

「えッ!? えッ!?」

「やっぱりお前も気づかなかったのか。ドワーフ勇者たちは全員スキル値1からやり直すべきだな」

ギャリコ作の『プラチネスの鎧』ほどではないが、豪勢でデザイン重視の鎧が、地面に落ちてカランカランと音たてる。

「ひぇぇぇぇーーーーーーーーーーッッ!?」

豪勢さをはぎ取られた聖鎚勇者。

覇聖鎚も取り落とし、その意外に盛り上がった胸部を押さえて蹲《うずくま》るのだった。

その様を真正面から目撃したセルンとギャリコは……。

「たしかに女性ですね……!」

「アタシも頭の隅で疑いを拭いきれなかったけど、やっと今確信が持てたわ。やっぱりドレスキファは女だって……！」

人間族によるドワーフ勇者一掃事件。

これからスミスアカデミーで長く語り継がれることとなる。

エイジによって半裸に剥《む》かれたドワーフ勇者たちは、慌てふためきスミスアカデミーから逃げ去っていった。

「ちくしょう！　覚えてやがれ！　これで勝ったと思うなよ‼」

「なんだいそのザコ感丸出しな捨てセリフは？」

最後まで強者の威厳らしきものの欠片も示さなかったドワーフの覇勇者ドレスキファ。

彼女の振る舞いにエイジは呆れる他なかった。

39　やっと始動

「というわけで、魔剣作りに取り組むわよ！」

「やっと本題に戻ってこれた……！」

何だか盛大な回り道をした気がして、エイジは疲れてしまっていた。

「そこのガブルさんが乱入してから、鎧を見学してドワーフの覇勇者が現れて……。とたくさん出来事ありましたが、本来の目的には掠《かす》りもしませんでしたよね、どれも」

よって今までのゴタゴタを処理することで、話が進展することは一ミリたりともなかったのである。

徒労感ばかりが蓄積していく。

「もっともギャリコの過去というか学生時代のことを知れたのは有意義だったけど……」

とエイジは思う。

「何というか、ギャリコも組織の軋轢《あつれき》みたいなのに苛《さいな》まれていたんだなあ」

「そうですね、エイジ様とギャリコが妙に意気投合するのは、その辺りの共通体験があるからなのかもしれません」

エイジも現役で勇者だった頃には、聖剣院と相当な軋轢があったことを偲ばせている。

聖鎚院からの登用勧告を拒否し続け、最後には出奔してしまったギャリコとウマが合うのも自然な流れかも知れなかった。

「他にも有意義なことはあります!!」

自信たっぷりな若い声!

「この私、『マイスター・ギャリコの再来』にしてスミスアカデミー最年少入学記録保持者ガブルが、お姉さまの助手となったのですから!!」

「「「……」」」

三人揃って酸っぱい顔になった。

「私がお姉さまの手助けをするからには、作業効率は三倍にアップ！　必ずやお姉さまのプロジェクトを成功に導いてみせますわ!!」

「いや……、そもそもアンタが騒がなければ。ドレスキファもアタシの帰還に気づかなかったし、話もスムーズに進んだはずだったんだけど……！」

スミスアカデミーにやってきて、調べものに割くべき時間が今のところ全部トラブルの対処に当てられていた。

「まあ、仕方ないことと諦めるのです」

「あ、デスミス先生」

「……この人も途中から完全に気配が消えていたな」

スミスアカデミー教師にしてギャリコの叔父でもあるデスミスの専用室で、一行は何とか落ち着きを取り戻したところだった。

「ギャリコは、このスミスアカデミーで伝説的生徒だったのですから、遅かれ早かれ騒ぎになることは避けられなかったのです。消費するしかない時間だったと考えるのですよ」

「それにしたって、訪ねたその日にバレるとは思わなかったわよ」

できればもう少し時間を稼ぎたいと思うギャリコだった。

「ドレスキファのヤツは見た目通り執念深いヤツだし、アタシを手籠めにしようとどんな手段を打ってくるかわからないわ。こうなったら一刻も早く目的を達成させなきゃ」

そのためにも必要なことは、ハルコーンの角を溶かす方法を見つけ出すこと。

一度溶かして精錬を行わなければ、鍛錬して剣の形に整えることもできないからだ。

「お姉さま！　その作業ワタシにもお手伝いさせてくださいませ！　きっとお姉さまの役に立ってみせますわ！」

と勇み立つガブルだったが。

「ダメ」

「えーッ⁉」

にべもなく断られた。

「ダメに決まっているでしょう！　アナタはスミスアカデミーの学生、学生には学生のするべきカリキュラムがあるの！　それを疎かにして別のことに没頭しちゃダメでしょう‼」

「その通りなのですよガブル。ギャリコのサポートはワタシに任せて、アナタは授業に戻るのです」

「デスミス先生もですよ」

「ええッ⁉」

姪の発言に心底意外な表情の叔父。

「叔父さんだってスミスアカデミーの教師なんですから、職務を第一にしてください。そもそもアナタが授業を放っぽり出したからガブルが暴れて、ここまで騒ぎが大きくなっちゃったんでしょう？」

「しかしギャリコ……！」

「叔父さんは有能な教師として人気も高いんですから、その先生を個人の都合で独り占めしたら今の生徒に悪いわ。叔父さんにはこの部屋の資料を閲覧させてもらえるだけで、充分な助けになっています」

ここ、教師デスミスがアカデミーから特別に提供されている専用室には、私蔵の資料が山ほど積んであった。

「この資料の中に、ハルコーンの角の融点四千五百度を超える方法があるかもしれない。その探索はアタシでやっときますから。二人は教師と生徒それぞれの本分をまっとうしてください」

「えー⁉」「えーです‼」

いい大人のデスミスまでけったいな悲鳴を上げる。

「あの……！」

「ではお手伝いは私たちが……！」

エイジとセルンがおずおず申し出るものの。

「素人のアナタたちじゃ専門書は読み解けないって言ったでしょう⁉　いいからアナタたちは、アタシが何か手掛かりを見つけるまで休んでいなさい‼」

＊　＊　＊

そんな感じで、資料漁りはギャリコの独壇場となってしまった。

ガブルとデスミスはしぶしぶ授業へと向かい、部屋にはいそいそと本を漁るギャリコと、他暇人《ひまじん》二名のみ。

「…………」

「…………」

エイジとセルンの二人は、何もすることがないので手持ち無沙汰なことこの上ない。

「……あの、ギャリコさんお茶でも入れましょうか？」

「おしっこ行きたくなるからいい」

「肩でもお揉みしましょうか⁉」

「セルンの握力だと肩の骨握り潰されそうになるからいい」

本当にやることがない。

仕舞いに二人は、その場にゴロゴロと寝ころび始めた。

「……なあセルン」

「何です⁉」

「あのドワーフ勇者ども見て改めて思ったけどさ。結局勇者にとって鎧なんて無駄なわけじゃん？」

通常の鉱物でモンスターにまったく太刀打ちできないわけだから、その鉱物で防具を作ってもモンスターの攻撃は防げない。

むしろ鎧を着ることで動きも制限され、重量で俊敏さも落ち、無益どころか有害ですらある鎧。

「僕だって現役時代通じて鎧なんか着たことないし。そう考えるとあのドワーフどもってますますアホだなってことになるんだけど……」

「何が言いたいんです？」

「いや、セルンも鎧着ているなって思って」

「!?」

鉱山集落で再会してからこっち、セルンは一度として鎧装束以外の姿をエイジに見せたことがない。

「今になってツッコむのもどうかと思うけど、なんでセルン鎧着てるの？　モンスター戦で鎧なんて百害あって一利なしだよ」

「そそそ、それは鎧を着ることで、気持ちが引き締まり、戦いに集中できると言いますか……！」

「そういう心理効果があるとしても、一発食らったら終わりなモンスター戦で重くて動きにくい鎧を着るのはハンデどころの話じゃないよ。本当今更だけどセルン、鎧を脱ぎなさい」

「ま、待ってください！　それにも色々準備があると言いますか……！」

「キミも勇者になったんだから、剣技だけじゃなく身に着けるものまで細かく気を配るべきだよ。鎧の重さに動きが鈍って、一撃死とかなったら僕はグランゼルド殿に申し訳が立たない。……いや待て、あの人もいつも鎧着てたような……？」

「ととと、とにかく!!　ほんの少しだけ待ってください！　この都にいる間はモンスターと戦う機会なんてないでしょうし、その間にちょっと!!」

何故かわからないが鎧を脱ぐことにそうとう慌てるセルン。

その声は部屋中響き渡るほどに騒々しく……。

「……あれ？」

「ギャリコ、どうしました？」

冷え冷えとした表情で、人間どもを見下ろすギャリコ。

「……ヒトが作業している耳元でギャーギャーと」

配慮のない大騒ぎが、彼女の逆鱗《げきりん》に触れた。

「しばらく外で観光でもしてきなさーい!!」

こうして部屋を追い出されるエイジとセルンだった。

40　ドワーフの都の人

そんなわけで、校舎を追い出されたエイジとセルンは他に行くところがないので街中へと繰り出すことになった。

「まさかギャリコがあそこまで荒ぶるとは……!?」

「究極の魔剣作りは彼女の悲願ですからね。それだけ真剣ということでしょう」

なので再びドワーフの街の雑踏へ舞い戻ってくる二人。

相変わらず表通りは賑やかだ。

他にやることもないので、仕方なく適当な酒場に入って時間を潰すことにした。

テーブルに座って注文。

周囲の卓もすべて客で埋まっており、客のすべてはドワーフだった
ドワーフの酒盛りは騒がしく、酒場中が賑やかな雰囲気に包まれていた。

「でも……、大丈夫でしょうか？」

「？　何が？」

要領を得ないセルンの心配に、エイジは首を傾げる。

「だってここはドワーフの都ですよ。行きかう人類種はどれもドワーフ、ドワーフ、ドワーフ。そんな中で私たち人間族がたった二人でいるのは……！」

悪目立ちするのではないか。

とセルンは心配しているのだった。

「セルン、キミは自族をちゃんと理解していないようだな」

「どういうことです？」

エイジは、既にテーブルに届いている根菜サラダを摘まみ、ビールを飲む。

「『人間族とネズミはどこにでもいる』って聞いたことないか？　人間族はね、全人類種の中でももっとも平均的な種族。特徴がないのが特徴と言われている」

その人間族だけが持っている特別な能力。

それは商売である。

「自分では何も生み出さない代わりに、他の種族が作り出したものを金銭で買い取り、さらに他の種族へ売りさばく。人間族はそうやって利益を得てきた」

「それは……、もちろん私も知っていますが……！」

「ドワーフが生み出す鍛冶製品は、人間の商人にとって優良な商品なんだ。ダルドルさんの鉱山集落にもよく来てたけど、ドワーフの都ともなればそれ以上に沢山の商人が買い付けに来てるんじゃないかな？」

「あッ!?」

セルンも気づいて周りを見回すと、たしかに商人風の装いをした人間族がけっこうな割合、酒場の中にも見受けられた。

「人間族がこの街で特別珍しいわけじゃないさ。要はおどおどせずにドッシリかまえておけばいいんだよ」

「なるほど……！　さすがエイジ様は旅慣れていますね」

人間族は、自分たちの持つ『商売』という生業から、あらゆるところに現れあらゆる者たちと交渉する。

一応人間族にも自分たちの本拠とする自分たちの領域はあるが、その外にも多くの人間族がいるということだった。

だからこそエイジが現役時代、聖剣院の意向を無視して世界中を武者修行して回ったのも、今こうしてセルンがエイジにくっついて聖剣院に帰らないことも、問題ながら黙認されている。

結局どこを旅してどこに行こうとも、人間族はどこにでもいて、モンスターに脅かされているかもしれないからだ。

そんな人間族を救うことこそ、聖剣の勇者が存在するための建前なのだから。

「思えばエイジ様は現役の間、一度も私を遠征に連れていってくれたことはありませんでしたね」

「将来有望なキミを、僕の都合に巻き込むわけにはいかなかったからね」

と思い出話が始まる。

「勇者だった時のエイジ様にお目にかかれるのは、大抵遠征を終えて聖剣院に戻られた時だけ。それもすぐ次の遠征に旅立ってしまわれるので、じっくりお話する暇もありませんでした」

「だって聖剣院に長く留まっていると上の連中とケンカになっちゃうし」

「だから今こうしてエイジ様と一緒に旅ができるのは、私にとって本当に有意義です。四六時中エイジ様から教えを伺って、自分の血肉に変えることができます」

「セルンは元々才能があるんだよ」

「……そうでしょうか……？」

「せっかくなので、ここでもう一つキミにレクチャーをしてあげようか。ソードスキルのことじゃなく処世術的な分野で」

「は？」

処世術、という耳慣れない言葉にセルンは戸惑う。

「処世術って……、エイジ様から一番縁遠い言葉に聞こえますが……？」

「そんなことないさ。聖剣の……、っていうより人間族の勇者が、遠くの大都市にやってきたとき何をすべきか知ってるかい？」

「い、いいえ……!?」

「挨拶《あいさつ》回りさ」

先ほどのエイジの説明にもあった通り、商業を生業とする人間族は世界中の主要都市を結ぶ商業ルートを張り巡らしている。

ドワーフ族が鍛冶製品を生産する中心地というべきドワーフの都にも、多くの人間族の商人が進出し、取引を行っているはず。

「そしてそういう大商人っていうのは、聖剣院にとって一番美味しいスポンサーなんだ。毎月毎年、多額の寄付を送っている」

「そうなんですか⁉」

「セルンは、修行一辺倒だったんだよね。そのままずっと世俗慣れせずにいてほしい……」

商人側としても、都市から都市へと商品を運ぶ途中にモンスターが襲ってきては大問題。もしそれで荷駄をすべて失えば破産にもなりかねない。

「勇者がモンスターを駆逐し、通商ルートを確保することは商人たちにとって死活問題なんだ。だから可能な限り多額の寄付をして、聖剣院からの覚えをよくしておかないといけないのさ」

「寄付の金額の多さが、そのまま勇者派遣の優先度となるわけですか？」

「そうだね、仮に二ヶ所が同時にモンスターに襲われた場合、より多く金を払った方を先に助けに行くわけだ」

理屈はわかるが、何だか釈然としない、という表情をセルンはした。

「それはわかりましたが、それと先ほど言われた『挨拶回り』はどう繋がるんですか？」

「聖剣院と人間の商人は、ズブズブの利権関係ってことさ。聖剣院から見ても大商人は重要なスポンサーだから、近くを通りかかって挨拶なしは済まされない」

聖剣の勇者が何かしらの事情で都市部まで行くと、そこにある人間商人の逗留所や支店を訪ねるのが通例だった。

そして困ったことが起きていないか尋ね、余裕があれば助けてやる。

それをもって来年の寄付金額を吊り上げるのが、聖剣の勇者の役目だった。

そこまでの説明を聞いて、セルンは露骨に嫌そうな顔をする。

「私としてはそんなことしたくもないんですが、エイジ様は現役時代そういうことをしていたんですか？」

「するわけないよ」

あっけらかんとエイジは答えた。

「僕がそんな甲斐甲斐しい勇者だったら、聖剣院もどれだけ楽だったろうかね。僕が倒してきたのは聖剣院が無視する小村を襲うモンスターばかりで。あっちの方は他の勇者どもに任せきりだったよ」

エイジは基本的に、そうした世間づきあいには一切関わらず、黙々とただひたすらモンスターを狩るばかりの勇者生活だった。

「今さらながら……、よく聖剣院はエイジ様のことを黙認なさいましたね……！」

「この点は、他の勇者たちにとって都合がよかったからね。赤の聖剣スラーシャや、白の聖剣フュネスとかが喜んで、商人たちの案件引き受けたし」

「と、言うと？」

「商人たちからの接待が凄いんだってさ。向こうだって商売の安全を保障するため勇者の助けは必要不可欠だから、聖剣院に金を払うのとは別に勇者本人にも物凄いいい扱いをしてくれるらしい」

家を挙げてのどんちゃん騒ぎ。

最高級の酒食をもって勇者たちを歓待するのが、勇者の挨拶回りを受けた人間商人の義務だった。

それだけでなく、勇者となれば人間族にいくつかある王宮とも懇意《こんい》にし、ことあるごとに開かれるパーティにも出席する。

華やかな社交界で舞い踊ることも、聖剣の勇者に課せられた義務だった。

「もっとも僕はそっち方面一切関わらなかったけど」

いつだってモンスター退治を優先し、結局現役時代一人の王族とも謁見しなかったし、一人の商人とも顔合わせしなかったエイジだった。

だから勇者でありながらエイジの素性、顔名前を知る者も、同族の間にすらほとんどいない。

「改めて疑問ですが、聖剣院は何故そんなエイジ様を覇勇者に選んだんでしょう？」

「まず一つに実力。あとは僕にもわからんのさ」

エイジは、酒のつまみの根菜サラダをボリボリ齧《かじ》りながら言った。

「ま、セルンも真っ当な勇者を目指すなら、この街に逗留してる主要な商人を何人か訪ねて回った方がいいかもよ。そのたび美味しいものも食べさせてもらえるし」

「結構です！　エイジ様も、自分がなさらなかったことをヒトに勧めないでください!!」

「するかしないかは当人の選択だからね」

しかし、今回の場合遅かったかもしれない。

「こっちから出向くまで、相手が待つばかりとも限らないんだな」

「えッ!?」

エイジとセルンの座る席に、ニコニコしながら近づいてくる者がいた。

41　商機を見て敏

「あの、もし……」

「はい？」

呼びかけに応えてしまったセルンの運の尽きだった。

「アナタ様は、もしや最近聖剣院より青の勇者に抜擢されたセルン殿ではありませんか？」

「!?」

見事正体を言い当てられて戸惑うセルン。

相手は女性で、見るからに人間族。年齢は二十代前後かと思われる若さで、しかし仕事盛りの精悍さがある。

「私はクリステナと申しまして、ドワーフの方から金銀の装飾品を取引する商いをさせていただいている、人間族の者です。このたびは同じ都市に、同族の勇者様が滞在していると聞き、是非ともお目通りをと思いまかりこしました」

「随分耳が早いな、ここに来てまだ一日と経っていないのに」

恐らくスミスアカデミーで起きたイザコザが広まったと思われるが、注目されるのが騒ぎを起こしたエイジではなくセルンになるのが、現役勇者の損な役回りと言うところか。

「つきましてはお近づきのしるしに、我が方で一席設けております。セルン様には、ここドワーフ族の都の名物料理や地酒に舌鼓を打ちながら、武勇伝をお聞かせいただきませんか？」

「いや、あの……！」

花のごとき営業スマイルで迫ってくる女性商人に、セルンは完全に圧倒されていた。

世慣れてない女の子には、こうした搦め手は対処不能を通り越して不気味ですらあろう。

「あの……、エイジ様！　一体どうすれば……!?」

「自分で決めなさい」

助けを求める愛弟子を、エイジは冷たく突き放す。

「キミもまた勇者になった以上、決断は自分でしなければいけない。行くか行かないか。キミ自身の判断で下すべきだ」

「……！」

結局その言葉がセルンに勇気を与えた。

「せっかくのお誘いながら、私は接待などを受けるつもりはありません。どうかお引き取りください」

あまりにも率直すぎる拒絶だが、セルンらしいとも言えた。

しかし相手は海千山千の人間商人である。他種族では到底真似できない、泣くような表情を作りつつ。

「それでは私の面目が丸潰れになってしまいます。どうかお考えを変えて、私を助けると思って饗応《きょうおう》を受けてください……!?」

「あ、あの……!?」

断ればすぐさま引き下がるだろうとばかり思っていたセルンは、相手のしつこさに当惑する。

「……」

それもそうだろうと一人納得するのはエイジである。

商人側としては、勇者一人の心証を掴むだけで通商ルートの安全を確保でき、より確実な儲けを約束されるのだ。

一度拒絶された程度で行儀よく引き下がっていては、商売の世界で生き残ることなどできない。

「私は人間族の一人として、種族すべてをお守りくださる勇者様に日頃の感謝を捧げたいのです。それにセルン様は私と同じ女性で年齢も同じぐらい。抱えている悩みも似ているでしょうからきっと話も弾むと思います！」

「あ、あのエイジ様……！」

結局エイジに助けを求めるセルンだった。

「赤の勇者スラーシャ様や、白の勇者フュネス様と同様に、セルン様とも長いよしみを通じていきたいのでございます。先代の青の勇者様とは、結局お目通りが一度も叶いませんでしたので……」

「いやッ⁉　あのッ⁉」

「もしよろしければ、先代様のお話もセルン様から是非伺いたく！　女同士気兼ねなく、ささ、こちらに……！」

商人の方も、セルンが押しに弱いと見抜いたのか、畳みかけるような言葉でグイグイ来る。

ついには調子に乗って、セルンの手首を掴もうとしたところ。

「はい、そこまでー」

鞘ぐるみの剣の柄が、図々しく伸びた商人の手を阻んだ。

スミスアカデミーから追い出された時、一応ギャリコから預かったもの。

「んあッ⁉　何よアナタ⁉」

「彼女の保護者といったところかな」

ここで初めて、女商人の注意の範囲内にエイジの姿が入った。

「彼女が『行かない』と決めたんだから、その意向を支持したくてね。アンタだって、一度断られているのをゴネ通そうなんて見苦しいとは思わないか？」

「部外者はお黙りなさい！　……ああ、なるほど、聖剣の勇者ともあろう御方が従者の一人も連れずにいるのは不自然だものねえ」

セルンに付き添う一人の男を、女商人はそう値踏みしたらしい。

そんなエイジに、商人はハエを払うかのような動作で銀貨を二枚投げつけた。

「これだけの金額なら、この店で一番いいものをたらふく食えるわ。これでしばらく時間を潰していなさい。勇者様はこちらで責任持って歓待するので心配いらないわ」

「これだから人間族は」

エイジがギャリコ謹製の鉄製剣を鞘から引き抜く。

それに呼応して、酒場の雰囲気がザワリと毛羽立つ。

「いや落ち着いて……。そのままそのまま」

エイジは剣の切っ先で、商人が投げ放ったまま床に落ちた銀貨を二枚重ねて貫くと、女商人に向けて突き付ける。

「ひぃッ!?」

剣先を突き付けられればさすがに恐怖だろうが、エイジは物騒な動き一つせず、女商人の胸ポケットへ器用に突き刺した銀貨を落とすと、用の済んだ剣を鞘に仕舞った。

「青の聖剣は俗事を好まぬ」

エイジは言った。

「彼女は、先代のポリシーをそのまま受け継ぎたいらしい。彼女に気に入られたければ、彼女の意思を尊重すべきでないかね？　金や接待で思う通りに動く勇者はスラーシャとフュネス、二人もいれば充分だろう？」

「ぐぐッ……!?」

剣の切っ先を向けられた恐怖から、商人の手足がプルプル震える。

「もっとも、スラーシャどもは接待慣れしてもう多少の贅沢《ぜいたく》じゃ動じないらしいな。勇者になったばかりの初心《うぶ》なセルンなら、少ない出費で楽に籠絡できると思ったか？」

「ぐぬッ!?」

「ウチの大事なセルンをそんなに安く値踏みしてるんなら無礼千万だ」

「そんなこと！　あるわけないわ……！」

商人は必死に声を張り上げる。

「セルン殿が新人であろうと他の勇者様に変わりない歓迎を私たちはするつもりよ！　そ

れにセルン殿には是非とも伺いたいこともあるし!!」

「伺いたいこと?」

「先代の青の勇者様のことよ!!」

商人は声を張り上げる。

「聖剣の四勇者の中で一頭群を抜く戦果を挙げていながら、社交にはまったく現れず名前すら知られない先代青の勇者様。その名声は他種族にまで響き渡り『青鈍《あおにび》の勇者』とまで呼ばれている。その勇者様が引退された件に伴い、ある噂がまことしやかに流れている!」

「噂……?」

「その『青鈍の勇者』様こそ、グランゼルド様のあとを担い新たな聖剣の覇勇者となられるのだと!!」

聖剣院は、その辺り完全秘匿しているらしい。

エイジが覇勇者となることを拒否して出奔してしまったこと。同族の、しかも事情通でなければ務まらない商人ですら正式に事情を掴んでいない。

僅かな情報の断片が、箝口令の隙間から漏れ出ていると言ったところか。

「セルン様とは、当人とよしみを通じるのに加えて、是非とも先代様の話も伺いたいの。新たな聖剣の覇勇者が誰になるのか、人間族の商人にとってこれ以上の関心はない!」

「…………」

「聖剣の覇勇者様こそ、我ら人間族をお守りくださる最強の盾。決して疎かな態度はとれません！　さあ、わかったらアナタはどこにでも消え去って、アナタなんかに煩わされている暇はないのよ!!」

「嫌だと言ったら？」

商人に、自分より弱いと判断した相手のみに浮かべる残忍な笑みを浮かべた。

「後悔することになるわよ、日々の儲けと身上発展に心血を捧げる商人の、本気を侮《あなど》ったことをね！」

パンパン、と商人は両手を叩いて大きな音を立てた。

するとその合図に呼応するかのように、酒場の入り口から屈強な男が数人、徒党を組んで乗り込んできた。

42　街角の小事

「用心棒よ」

ゾロゾロと入店してきた屈強な男、七～八人を背後に置いて商人は勝ち誇った。

「商売人の旅は危険がつきものでね。命の他に、命より大事な商品も売り場まで運ばないといけない。それを狙って旅路の途中襲い掛かってくるのは、何もモンスターだけじゃない。同じ人類種の盗賊だっている」

「そうした諸々から身を守るためにも備えは万全ということか」

男たちは残らず身に鉄剣を帯びていた。

モンスター相手には通じずとも、人類種同士でのいざこざでは通常鉱物製の武器も充分役に立つので流通している。

今はまさに、そうした普通の武器が役立つ事態ということだった。

「アナタ！　何を……ッ!?」

さすがにセルンも口出しせざるを得ない。

しかし女商人も頭に血が昇っているのか、勇者の諫言《かんげん》すら受け入れない。

「セルン様……！　どうかこの場は私めどもにお任せいただきたく……！　商人の誇りが傷つけられたのです！　黙って引き下がるわけにはいきません！」

「アナタ、私を食事に誘うために来たんではないんですか!?」

もはや当初の目的もわからなくなってきて、商人の敵意はエイジ一人だけに集中するのだった。

何がそこまで彼女の心証を傷つけたのか。

八人の屈強な男たち……。彼らは様々に種族が入り混じってドワーフや竜人もいたが、皆一様に腕に覚えのある荒くれ者であるのはたしか。

「さあ！　この八人から袋叩きにされて路地裏に捨てられたくなかったら！　さっさと失せなさい！　もっと潔ければ小遣いも得られて儲けものだったでしょうに！　もうアナタにはビタ銭一文やる気にはなりません‼」

「ふーん……」

取り囲む八人のならず者たち。

それを見回す中心のエイジ。

「エイジ様！　私も助太刀を……ッ！」

席から飛び上がろうとするセルンを、エイジが制止した。

「ダメだぞセルン。勇者となったキミが人類種を相手にするなんて。勇者は人類種を守る者だ。どんなならず者だろうとな」

「ですが……ッ⁉」

「大丈夫、僕はもう勇者じゃないから問題ない」

そう言ってエイジは、鞘ぐるみで剣を腰から外す。

「かと言って僕もこんなところで命のやり取りなどしたくないから。このままでやらせてもらおう」

鞘に収めたままの剣をかまえて言う。

「さあ、遠慮なくかかってきんさい」

「舐めやがって……」

傭兵《ようへい》の一人が舌打ちする。侮られたのが不快だったのだろう。

それをなだめるように別の傭兵が。

「向こうの言う通りだ。街中で人殺しはマズい。ちっと脅かすぐらいに留めておけ」

「わかってるよ。くそ面倒な雇い主に当たっちまったぜ。とりあえず依頼通りに気絶しとけやあ!!」

拳を振り上げ殴りかかろうとする傭兵その一。

しかし彼の進撃はすぐさま途絶した。

腹部に叩きこまれた剣の鞘によって。

「ぶぼあぁッ!?」

鳩尾《みぞおち》に抉《えぐ》り込まれる剣は、鞘ぐるみでなければ確実に致命傷。

エイジは剣を抜き。相変わらず鞘諸共に振りかぶり残りの傭兵たちへ攻めかかる。

「うへえええッ⁉」「げひッ⁉」「ぐぼッ⁉」

あっという間に三人、当て身を食らわされて沈んだ。

さらに次の瞬間三人。

八人のうち七人が、一呼吸のうちに制圧された。

残り一人はリーダー格なのか、唯一エイジの動きに追随しようとして飛びのき、剣を抜こうとするものの……。

「がはぁ……ッ⁉」

やはり追随できるものではなかった。

エイジの剣は、相手の防御をかいくぐり横一文字に腹部へめり込む。これも鞘にくるまれていなかったら胴が輪切りとなる致命傷となっただろう。

最後の一人も沈み、八人の傭兵はすべて床に転がり使い物にならなくなった。

鞘越しでもエイジの強烈な一撃である。気絶する彼らは呻き声すら上げていない。

その様を、けしかけた張本人である女商人クリステナは震えながら凝視した。

「そんな……ッ⁉」

「安心しろ。丸腰の者まで打ちはしない」

エイジは剣を腰に戻す。

「……ただ、ここに転がってる彼らはキミの我がままでのされたんだ。これを理由に報《ほう》酬《しゅう》を減らすなんてお門違いってことだけは覚えておいてくれ」

「く……ッ⁉」

「さあセルン。店を替えようか、もうここは気分良く飲み食いできなくなった」

エイジに従って席を立つセルン。

その背に手が伸びる。

「あの……ッ、セルン様……ッ⁉」

「しつこいですね。ここまでやってまだ私の歓心が買えると思いますか？」

心から鬱陶しげにセルン振り返る。

「ならば一つだけ、アナタの質問に答えてあげましょう。アナタは捜しているんでしょう？　私の前の青の勇者を？」

「えッ？」

先代の青の勇者。

表舞台に一切姿を現さず、同族の人間たちにも顔名前が知られていない。

実力は随一で、現覇勇者グランゼルドの後を継いで新たな覇勇者最有力候補とされる。

商人側にとっては、懇意になれるだけで確実な安全を約束される相手。

噂に名高い、『青鈍の勇者』。

「その人は『試しの儀』を経て究極ソードスキルを会得し、覇勇者となる資格を我が物とした。しかしあろうことか拒否して、覇聖剣受領を前に聖剣院から出奔してしまった」

「……ッ!!」

女商人は息を呑んだ。

聖剣院の重要人物から知らされる。今まで知らされなかった事実。

「以降、聖剣院はその醜聞《しゅうぶん》をひた隠しにして捜索に血道を上げている。あの方を何としても呼び戻し、覇勇者に祭り上げるために」

「聖剣院の中で、そんなことが起きていたとは……!」

「私が勇者となって最初に仰せつかった任務は、その出奔した先代を見つけ出し、聖剣院に連れ帰ること。……本当に見つけ出すのに苦労しました」

セルンは心から言った。

「そして連れ帰るのにまだ苦労している」

「は？」

その言葉に、女商人は呼吸を止める。

「あれセルン？　まだ僕のこと連れ戻すつもりだったの？」

「いやもう諦めてますよ。こうなったら最後までお付き合いする所存です」

エイジとセルンの会話を、呆然と見守るだけの女商人。

今彼女の中では、様々な想像が飛び交っていることだろう。

一見、勇者に付き従うお付きのように見えた青年。

何の変哲もなく、そのせいでつい侮ってしまった。

しかしただの従者とは思えない剣の腕。佇まい。

何よりも勇者の方がまるで格下のように相手へへりくだっている。

「まさか……、アナタは……!?　アナタ様は……!?」

「それ以上言わなくていい」

ピシャリとエイジが止めた。

「そうだな、最後に一つだけ言っておこう。ヒトに取り入るには、相手の性格を何より気にするべきだ。誰にでも気に入られるような接待も気に入らないひねくれ者もいる。僕みたいにな」

「私もそのひねくれ者です。師を見習いましたので」

セルンも追随するように言って、その場から去っていく。

「いや、キミはその辺もっと器用にしなさいよ。グランゼルド殿なんて見事だよ。接待受けつつ適切に距離を置いている」

「自分のできなかったことを後継に求めないでください。私が見習うのは常にエイジ様のみです」

ここまで来ると誰にでもわかること。

女商人は顎《あご》が外れんばかりにあんぐりと大口を開けた。

普段の営業スマイルも台無しとばかりに。

「まさかアナタが……『青鈍の勇者』⁉　新たな聖剣の覇勇者に選ばれた。人間族の守り手……⁉」

「キミにとっては、そうじゃない方がいいんでは？」

エイジが意地悪に言う。

「だってもし僕が覇勇者になったら……。最強の勇者にこの上ない失礼働いた商人さんの末路はどうなるかな？」

聖剣の勇者の頂点に立ち、人間族をあらゆる危難から守り、その人一人に気に入られるかどうかで生き死にが決まる相手を罵倒《ばとう》し、侮辱《ぶじょく》し、小金を与えて追い払おうとし、あまつさえ用心棒までけしかける。

そんなことをした彼女自身。

「にゃああああああああああああああああああああああああああああああああああーーーーーーーーーーーーーッッッ!?」

その叫びは飲み屋街の三軒先まで響き渡ったという。

「まったくなんで言っちゃうかなあセルンは？」

「私だって言ってスッキリしたいこともあります」

二人は三軒先の飲み屋で飲み直したという。

43　地底の熱王

それからさらに数日が経った。

ギャリコに調べものを任せきりで、することのないエイジとセルンも、ドワーフの都に到着早々起こした騒ぎの数々に「迂闊に外に出ることもできない」と警戒。

スミスアカデミーの教師デスミスの邸宅に泊まり込んで一歩も出ない生活が続いた。

エイジらにとってはモンスターと戦うよりも遥かに辛い引きこもりの日々。

そんな退屈にやっと終止符が打たれる。

ギャリコの調査がついに完了したのだ。

＊　＊　＊

「結論から言って……、ハルコーンの角を溶かす方法は……！」

呼び出されて、デスミス邸の一室に呼び出されたエイジとセルン。

室内は何百冊という本でごった返しになっていた。数日前からギャリコの調査本部の様相を呈している。

で。

ハルコーンの角を溶かして剣の打ち直す方法は。

「……ある!!」

溜めに溜めまくった結論に、エイジも喝采で応える。

「よっしゃーーーーッ!!」

これでダメとなれば、ギャリコとエイジが共犯で行う『聖剣を超える剣作り』が破綻してしまうために、危機を脱したという心境だ。

「よかった……！　本当によかった……!!　ここまで来てダメとなったらどうしようかと

「……!!」

「何だか私までホッとしてしまいました……！」

最初は魔剣作りに否定的だったセルンまで、今では皆と心を一つにしている。

「……でも、安心はまだ早いわ」

興奮を抑えるようにギャリコは言った。

「方法が見つかったと言っても、それがとんでもなく難しくて、雲を掴むような話だってこともありうる。デスミス先生所蔵の本を残らず洗い直したけど、見つかったのは結局一つしかなかったわ」

「またえらく勿体ぶった言い方ですね……！」

「ギャリコ」

エイジがギャリコへ、迫るように訴える。

「ここまで来たんだ。目の前にどんな困難が待ち受けていようとも引き下がることはできない。僕たちに道を示してくれ……！」

「わかった……！」

観念したと言わんばかりにギャリコは、本題を語り始める。

「ハルコーンの角を溶かす、起死回生の方法。それは結局のところ今までしてきたことと同じよ」

「？」

「モンスターの力を利用するの」

どんな武器でも傷つけられないモンスターの体を、同じモンスターの体から作った武器でなら打ち砕ける。

その発想を基に作り出されたのが『魔物から作った剣』――魔剣。

「モンスターを利用して剣を作るのに……！」

「またモンスターの力を利用する……？」

ギャリコが大きく頷く。

「いかなるスキルを用いても人類種には実現できない高熱も、モンスターなら出すことができるかもしれない。アイツらのすることはいちいち常識を超えるし、能力個性も多種多様。中には超高熱を使って周囲を火の海にしてしまうモンスターも、事実いる」

「なるほど！　そんなモンスターを利用して、人間には溶かせないハルコーンの角を溶かしてもらおうと！」

「またギャリコならではの発想ですね！」

そうなれば次に考えるべきことは、具体的にどんなモンスターを利用するかということだ。

「デスミス先生が持ってた本の中に、あるモンスターについての記述があったの。その名はウォルカヌス」

——ウォルカヌス。

「そのモンスターは、地中深くのマグマが生命を持ったかのような不定形モンスターで、超高熱を武器にするらしいわ」

「そんなモンスター、聞いたことないな……!?」

モンスターと戦うことを生業としてきたエイジすら知らないモンスター。

「そのモンスターに注目する理由は？　高熱を使うモンスターならデスコールとか、他にも色々いるだろう？」

「『生きた石炭』の異名を取るデスコール……。アイツは覇王級で、目撃例もそれなりにあるけど、きっと温度が足りない。アイツの燃焼温度じゃとてもハルコーンの角を溶かすところまで行かないのよ」

「なるほど、ハルコーンの角の融点四千五百度を指標とすれば、目的とするモンスターは自然と絞れるというわけですね？」

セルンの相槌にギャリコは頷く。

「モンスター図鑑を何十回と読み返しても、条件に見合う高熱を出せそうなモンスターは発見できなかったわ。二体以上のモンスターを掛け合わせてより凄い高熱を生み出せないかとも思ったけど現実的じゃないし……！」

しかし、答えは別の文献にあった。

とにかくすべての情報を洗ってみようと関係なさそうな本も開いてみたことが、彼女を救った。

「それは、五百年ほど前の聖鎚院職員が書き残した日記だった。その当時もここドワーフの都は大いに栄えていて、鉱山からたくさんの鉱石原石を掘り出していたんですって」

ドワーフの都の正式名称はマザーギビング。

『地母神の大盤振る舞い』という名に相応しく、この街の基盤となる鉱山は金や銀、各種の宝石まで産出されるという常識外れに豪華な鉱山だった。

「だからこそこの街はドワーフ族の中心都市として、聖鎚院本部まで置かれる大都市なんだけど……。掘れば掘るほど出てくる金銀財宝。調子に乗ってドワーフたちはどんどん地下深くを掘り進み、ある者を掘り出してしまった」

「それは？」

「さっき言ったモンスター、ウォルカヌスよ」

金や銀や宝石を求めて、地下深くへ掘って掘って掘り進んだ挙句。

出てきたのはモンスターだった、というらしい。

「都市壊滅の危機に陥ったらしいわ。この日記の記述を信じるなら、掘り進んだ坑道中にマグマが流れ込み、坑道の外まで溢れ出して街が灼熱地獄《しゃくねつじごく》に陥った」

「ひえええええ……!?」

「当時のドワーフ族の覇勇者ですら手に負えず。一度は街の放棄が決定されたんですって」

「覇勇者でも……、勝てない……!」

ウィルカヌスの灼熱の恐ろしさよりも、覇勇者すらも跳ね返すという事実一点にエイジは衝撃を受けた。

「本来なら、ドワーフの都はそこで滅びるはずだった。でも奇跡が起こった。ドワーフが崇める鎚神ペレが直接救いをもたらして、ウォルカヌスを地中の奥、さらに奥底へ押し戻して封印したんですって」

やはり神の恩寵は素晴らしい。

慈悲深き鎚神ペレに祝福された我らドワーフこそ、人類種で最高の種族だろうという賛美で日記は締めくくられていた。

「これ以外に、モンスター図鑑にすら記載されていないウォルカヌスは、恐らく一種一体の固有モンスター。全モンスターの中でも、ハルコーンの角を融解できそうなヤツはコイツだけだわ」

「コイツは今でもドワーフの都の地下に？」

「日記の記述が正しければそうだけど……。正直わからないわ。アタシもドワーフの都にある坑道には入ったことがないから」

実家の鉱山集落では坑道エリアの監督役だったギャリコだったが、だからといって余所の坑道に自由に出入りしていたわけがない。

「正真正銘、雲を掴むような話になってきましたね……!?」

「しかもそれ以外に有効な方法は見つからない。どこまで僕らを悩ませるのかね、ハルコーンさんは……!?」

魔剣の原料として覇王級モンスター、ハルコーンが遺した角に振り回されっぱなしのエイジたち。

それもまだまだ続くということ。

「真偽をたしかめるためにも実際坑道に入らなきゃいけないわね……！」

44　問う扉

そうして三人は、ドワーフの都の坑道へ入ることになった。

その坑道。

人呼んで虹色坑道と名付けられていた。

掘り出されるのは鉄鉱石だけではなく、金も、銀も、色とりどりの宝石すら採掘される。

その余りにも不思議な、色彩豊かさを『虹』に例えられた。

虹色坑道はドワーフ族の最重要施設ゆえに、出入りにはかなりの制限が付けられる。

無関係者の自由な出入りなど許されない。

なので紛れもない無関係者のエイジたちが侵入するには知恵を働かさなければならなかった。

その知恵とは……。

＊　　＊　　＊

「なんでだよ⁉」

聖鎚の覇勇者ドレスキファは唸った。

不特定な多数を引き連れ虹色坑道に潜るなど彼女にとってはたしかに不本意なことだ。

しかし意中のギャリコからの頼みとあれば断れない彼女である。

「覇勇者の権限があれば、虹色坑道にだって出入り自由とはいえ……。聖鎚院長に知られれば大目玉だぜ。ホントご褒美《ほうび》でもなきゃやってらんねー」

「……」

「ご褒美でもなきゃやってらんねー！」

「もうッ！　わかってるわよ‼」

共に坑道を進み降りるギャリコガ吠えた。

「アンタのために鎧一式拵《こしら》えてやればいいんでしょう⁉　ちゃんとアタシたちを坑道最深部まで案内してくれたら、お礼にそれぐらいしてあげるわよ！」

「絶対だぜ⁉　本当は専属鍛冶師になってほしいところだが今回はそれぐらいで我慢してやるよ！」

そういう取引だった。

短絡的なドレスキファを見返りで釣り、彼女の権限をもって虹色坑道への潜入に成功した。

エイジ。

ギャリコ。

セルン。

そして必要あってドレスキファの望まざる同行を得て、進む四人であった。

「……ギャリコ。本当によかったのか？　あんなヤツに譲歩して？」

進みながらエイジが尋ねる。

一応心配していた。

「他にパッと思いつく方法がないんだから仕方ないわよ。アタシたちの目的のためなら、悪魔と取引だって辞さないわ」

さりげなくドレスキファを悪魔呼ばわりしたギャリコ。

とにかくそれぐらいの覚悟で進む。

＊　＊　＊

虹色坑道内部は、さすがに世界一の大鉱山ということで、ドワーフたちで大賑わいしていた。

入り口から細かく枝分かれして、金銀宝石、様々な鉱物が取れるエリアに分かれているらしい。

しかし段々奥へと進むごとにドワーフの影はまばらになり、ついには人っ子一人見当たらなくなってしまった。

「もうここは立ち入り禁止区域だからな。許可なくここへ立ち入った工夫《こうふ》は、即刻街を追放される規則になっている」

そこまで厳しく管理されるものが、この穴の先にある。

「着いたぜ。ここだ」

たしかにあった。扉が。

落盤を防ぐため最小限の幅に掘った坑道が、ここに来て大きく開けた空間となっていた。

その空間の主と言わんばかりにそびえ立つ扉。

その扉はもはや門と形容してよいレベルで、ドワーフの都に入る際くぐった城門にも匹敵しそうな規模。

「見たこともない金属……」

ギャリコは、門の表面に触ってみる。

つられてエイジも触ると、返ってくる感触はビックリするほどスベスベしており、表面の平らさが即座にわかった。

金属自体がうっすらとした青い光を放ち、そのおかげで地中奥深くながら周囲は明るい。

「こんな門……。と言うか、それを構成する金属自体、どんな人類種にも作れるわけがないわ」

「これを見ると、鎚神ペレがもたらしてくれた奇跡だって話も信じたくなるわな」

ドレスキファが案内役らしく解説する。

「伝説が確かなら、ウォルカヌスってクソ強いモンスターがこの向こうにいる可能性は高い。なら、まずすべきはこの門を開けることだ」

「随分持って回った言い方だな？」

「扉を開けること自体簡単ではないと？」

伝説が確かならば、この門は神が超強力モンスターを閉じ込めるために作り上げた封印。

たしかに簡単に開くようでは困るだろう。

「いや、開ける方法はわかっている。実に単純でわかり易いぜ」

というとドレスキファは、自分の指先で虚空に四角を描いた。

その枠内に現れる、数字を羅列した透明の板。

「スキルウィンドウ？」

「何故今ここで？」

エイジたちの疑問を無視して、ドレスキファはみずからのスキルウィンドウを握り、門の前へ向かう。

「この門の隅に、四角いくぼみがあるだろう？」

「あ、たしかに」

「ここにスキルウィンドウをはめ込む」

実際、ドレスキファのスキルウィンドウがピッタリくぼみにはまり込むと、門はみずから生命活動を行うかのように鳴動した。

「おおおおおおッッ⁉」

「何々ッ⁉」

何が起こっているのかわからないギャリコたちを余所に、神秘なる門は手続きめいた声を発する。

『スキルウィンドウ解析。ハンマースキル：１７４６。筋力スキル：１７９０。敏捷スキル：５６０。耐久スキル：１９００。防御スキル：１６９９。鍛冶スキル：２６７』

まるでドレスキファのスキルウィンドウを読み上げているかのよう。

『スキル値合計７９６２。必要値に達していません。開放シークエンス発動不許可』

そのまま門は、再び静寂に押し黙る。

「どういうこと……⁉」

「わかったかい？」

ドレスキファがせせら笑うように言った。

「古文書によれば、この門はスキルウィンドウを読み取る。さらに古文書が言うにはスキルウィンドウに記載されたスキル値の合計が一万を超えた時、開くんだとさ。だからこの扉が開いたことは、少なくとも記録上は一回もない」

開かずの扉の、厳然たる開放条件が知らされた。

45　万日を越えて

「「いちまんッ⁉」」

ギャリコとセルンが、目と一緒に飛び出さんばかりに吐いた数字は、凄まじい高数値と言ってよかった。

それを見届けドレスキファが満足げにほくそ笑む。

「何よそれッ⁉　一万なんてバカみたいな数字⁉　なんで門ごときがスキル値を審査する

のよ!?」

「さあ？　この門の向こうにいるのがクソ強いモンスターだってんなら、それ相応の資格がいるってことだろ？　筋は通ってると思うぜ」

鎚神ペレが施した封印を越えて超絶モンスターの下へ赴く者は、そのモンスターを倒す意志と実力を持っているべき。

それを審査するのに、たしかにスキルウィンドウに示される値は、この上なく有効な物差しになりえる。

「でも、一万なんて……！　ムチャクチャよ！」

スキルウィンドウに記載されたスキル値の合計で一万。

スキルウィンドウに掲載される項目は全部で六なので、六種のスキル値を足して一万超えることが求められる。

「つまりスキル値平均が１６００……、いえ１７００は行ってなければ条件を満たせない。かなりつらい条件ですね……！」

世間一般のレベルから見て、スキル値が１０００を超えれば充分に達人級。

しかも一芸のみに限らず、すべてにおいて１０００を大きく上回らなければいけないというのは、それは達人どころか超人に課せられた条件だった。

「とにかく！　やるしかないじゃない！」

ギャリコが空元気気味に勇み立つ。

「挑戦すること自体にリスクはなさそうだし、奇跡を信じてぶっこむしかないわ。あのくぼみにハメればいいんでしょう!!」

「ギャリコ！　やる気ですか!?」

ギャリコは肩を怒らせ扉に近づくと、指定場所にみずからのスキルウィンドウをはめ込む。

ゴゴゴゴ……、と最初と同じ鳴動が始まる。

『スキルウィンドウ解析。鍛冶スキル：2190。装飾スキル：1170。建設スキル：730。筋力スキル：638。敏捷スキル：450。耐久スキル：812』

「どうよ……？　行きなさいよ、行ってよ。遠慮しなくていいのよ!?」

集計完了。

『スキル値合計5990。必要値に達していません。開放シークエンス発動不許可』

「ダーメーかーッ!?」

当たって砕けてギャリコはその場に崩れ落ちた。

「ほぼ6000……！　開放条件の一万には程遠かったわ!!」

「最初の鍛冶スキル2190はよかったのですが、それ以外全部のスキル値が足を引っ張りましたね。やはり戦闘者でないギャリコで身体能力スキル1000超えは難しすぎます」

一芸特化でなく全体の高水準が求められるのがこの試練の難しいところ。

門は沈黙を保ったままだ。

「しかし、鍛治スキルが2000を超えてるとは、さすがオレの専属鍛治師だぜ……！

こんなに才能をもっててギャリコは何故オレの言うことを聞かないんだ⁉」

ドレスキファの勝手な物言いは全員から無視された。

「ならば次は私が……！」

「セルン！」

満を持して、青の聖剣セルンが立つ。

「ここまでの運びで私は大してお役に立てませんでした。今こそ必要に応じ、存在感を示す時‼」

門のくぼみへスキルウィンドウを叩きつける。

お決まりの鳴動が始まる。

『スキルウィンドウ解析。ソードスキル：1890。筋力スキル：1340。敏捷スキル：1290。耐久スキル：1220。兵法スキル：1567。料理スキル：610』

そして示された回答は……。

『スキル値合計７９１７。必要値に達していません。開放シークエンス発動不許可』

「あーあーあーッ!?」

セルンもまたダメだった。

「へっへっへ……、無様だなあ剣の勇者様？」

「くッ!?」

見下すようなドレスキファに、セルンは悔しいばかりだった。

「いや、セルンのスキル合計値７９１７よ？　ドレスキファの合計値と１００も違わないじゃない！　覇勇者と勇者の差として、これは勝ち誇っていいものなの!?」

「まあ、そこは置いといて……」

やはり勝ち誇るドレスキファ。

「わかっただろう？　この扉はこんな調子で、一度も開いたことがないんだ!!　調べるだけ無駄ってことだな!!」

「ドレスキファ！　アンタそのことを最初から知っててここまで案内したのね!?」

「ヘッ、バカが躓くのを前もって注意してやるバカがいるかよ！　でも坑道を案内してやるって約束は、こっちは果たしたんだ。お前らも約束は守ってもらうぜ！」

ドレスキファのためにギャリコが鎧を作ってやると言う約束。

「ついにギャリコの作った鎧がオレの体を包みこむんだな。どんな煌びやかなオレになるんだ？　想像できねぇッ!?」

「アンタの世迷言もここまでよ!!」

気色ばむ。

「そうです！　アナタは忘れています!!　私たちにはまだ最後の切り札が遺されていると!!」

「え？」

キョトンとするドレスキファを余所に、二人の視線が同じ場所を向く。

「「エイジ!!」様!!」

ギャリコとセルンが求めたのは、ここに来てなぜがずっと沈黙しているエイジだった。

「ここにいる中で一番スキル値が大きいのは、エイジに決まってるじゃない!!」

「そうです！　エイジ様どうか今こそ、その正真正銘覇勇者的なスキルウィンドウをお示しください!!」

「えー？」

エイジは嫌そうに、後頭部をボリボリ掻く。

ここに来て急に黙り込んでしまったのもそれが原因だろう。

何故かエイジは、自身のスキルウィンドウを頑なに他人に見せない。

『スキルウィンドウを見せるのは裸を見せるも同じ』と言われている世の風潮と比較しても、一際見せることを拒否しているように思える。

「はっ、たしかに覇勇者のスキルウィンドウなら前二人より上等だろうが。既に覇勇者のオレが開放に失敗してるのを忘れたのか⁉」

「煩いドレスキファ！　勇者のセルンに紙一重でなんとか勝ったアンタが偉そうにしてんじゃないわよ！　アンタの覇勇者とエイジの覇勇者は根本的に次元が違うの‼」

事実そうなのでドレスキファはぐうの音も出ない。

「僕のスキルウィンドウはトリッキーだから、あまりヒトには見せたくなかったんだけどなあ。……まあ、仕方ない」

エイジは不承不承という風で、扉のくぼみの前に立つ。

エイジの指先が虚空に四角形を描き、現れた透明の図板をくぼみにハメこむ。

お決まりとばかりに響く鳴動。

『スキルウィンドウ解析。ソードスキル：４６１９』

「「「おお‼」」」

示されたスキル値の高さに早速周囲が湧きたつ。

「ソードスキル値4619⁉　前計った時より上がってるじゃない⁉」

「3000台でも変態的な数値だというのに、エイジ様はどこまで強くなるというのですか⁉」

しかもこれで、要求値一万のほぼ半分を満たしたことになる。

一つ目の項目で既に半分。

誰もが希望を胸にした。

しかし扉が次に読み上げたのは……。

『筋力スキル：76』

「「「は？」」」

誰もが耳を疑った。

覇勇者どころか、勇者としてもあるまじき身体スキルの低スキル値。

「76？　ギャハハハハハハ何じゃそりゃ76ッ⁉　なんだよ聖剣の覇勇者様⁉　一般人並みの筋力じゃねえか⁉　ギャハハハハ‼」

ドレスキファがここぞとばかりに爆笑する。

だがそれも仕方のないことだった。スキル値二桁はまさしく一般人レベル。

剣の覇者たるエイジがまさかそんな低数値だとは、誰も予想していない。

『敏捷スキル：90。耐久スキル：57』

「敏捷や耐久まで……!?」

「身体能力スキル総壊滅じゃない……！　どうなってるのよエイジ……!?」

最強と思われた人の、思いがけない無様な数字にセルンもギャリコも戸惑うしかない。

それと共に、スキルウィンドウ合計値が一万を超えるという、この門の示す要件が、このままでは満たせない。

全六項目中四項目を読み上げられたというのに、まだ５０００にも達していないのだ。

最初の勢いはどこへ行ったか、であった。

このままでは……。

『兵法スキル：７６００』

「「は？」」

と思ったらアッサリ一万を超えた。

そして最後の六項目。

『呼吸スキル：４万８５００』

「「はあッッ!?」」

『スキル値合計６万９４２。必要値をクリアしました。開放シークエンス発動許可』

ゴゴゴゴ、と閉ざされた門が開く。

記録上一度も開いたことがないという地底の門が、剣の覇者エイジの前に通行を許可したのだった。

「……だから言ったじゃないか。僕のスキルウィンドウはトリッキー過ぎてヒトに見せられないって」

46　呼吸の奥義

「どういうことなのよ⁉」

虹色坑道の奥底に鎮座する謎の門。

その門を開けて、ついに人類種未踏の地へと足を踏み入れるというのに、話題は全然そちらに触れない。

話題はもっぱら、エイジのトリッキー過ぎるスキルウィンドウに関してだった。

ソードスキル：４６１９

筋力スキル：76
敏捷スキル：90
耐久スキル：57
兵法スキル：7600
呼吸スキル：4万8500

これが一度は剣の覇勇者まで登り詰めたエイジの主要スキル値だった。

高低の差が激しすぎる。

「何と言うか理解が追い付きません……！」

まずソードスキル値4619、兵法スキル値7600という高数値が理解不能。

門に要求された『スキル値合計一万』という要件が、この二スキルだけで満たされている。

しかしそれでも、もう一つのエイジ超絶スキル値の前では霞む。

「エイジのスキルウィンドウ変なところが多すぎるのよ！　身体能力スキルの異様な低さも突っ込みたいけれど！　何より!!」

呼吸スキル：4万8500。

「何よこの冗談みたいなスキル値⁉　そもそも呼吸スキルって何よ⁉」

ギャリコも数字の大きさに冷静さを砕かれたらしい。

「あの門が要求した数値、これ一つだけでぶっちぎってるじゃない！　他何もいらないわよ！　何なの呼吸スキルって⁉　人間族の固有スキル⁉」

「いいえ……、同じ人間族の私も、こんなスキルは見たことがありません……！」

セルンもひたすら戸惑い気味だった。

「……呼吸スキルは……」

観念したようにエイジも説明を始める。

「僕だけのオリジナルスキルだよ。呼吸を整え、呼吸を中心に自分の体を完全制御するスキル」

「そんなことしてどうなるっていうのよ⁉」

「一番初歩の呼吸スキル『威の呼吸』は、筋力、敏捷、耐久のいわゆる身体能力三大スキルのスキル値を二倍にする」

「「⁉」」

「さらに『炉の呼吸』は身体能力スキルを倍の倍に。『破の呼吸』は倍の倍の倍に。『弐の呼吸』は倍の倍の倍の倍に。『穂の呼吸』…………」

「待って待って⁉　つまり呼吸スキルは、他のスキルを際限なしに上昇させる効果があるの⁉」

「まあ、それ以外にも細かく効果はあるけどね」

そこで聞く者たちが思い当たるのは、エイジの尋常でない身体能力スキルの低さ。

筋力スキル：76
敏捷スキル：90
耐久スキル：57
それは戦いを知らない一般人の、それも女子供老人と大して変わらないスキル値だった。

「覇勇者たるエイジ様にはありえない低さだと思っていましたが……！」

「呼吸スキルがその分を補正してたっていうの⁉　……例えば筋力スキルが76なら……！」

『威の呼吸』で倍の１５２。

『炉の呼吸』で倍の倍の３０４。

『破の呼吸』で倍の倍の倍の６０８。

『弐の呼吸』で倍の倍の倍の倍の１２１６。

『穂の呼吸』で倍の倍の倍の倍の倍の２４３２。

『衛の呼吸』で倍の倍の倍の倍の倍の倍の4864。

『戸の呼吸』で倍の倍の倍の倍の倍の倍の倍の9728。

「「ぎゃあああああ～～～ッ⁉」」

ギャリコもセルンも、考えるのを拒否する自分の頭脳に悲鳴を上げた。

「こないだのハルコーン戦では久々に『戸の呼吸』まで使わされた。でも、どれだけ身体能力スキルを上げられても、元となる呼吸スキル以上の数値まで上げられないって制約はあるよ？」

「その呼吸スキルが4万なんぼでしょう⁉　まったく問題ないじゃない‼」

「だからエイジ様の身体能力スキルは、一般人並みでも問題ないのですね。しかしもったいない気もしますが……！」

もったいないという、意味は。

「そうよね。元々のスキル値が高ければ、倍化したらもっと高くなるわけでしょう？　筋力スキルや耐久スキルが元から1000とかあれば、呼吸スキルと掛け合わせてもっと最強になるじゃない」

「それが世の中上手く行かないところでね」

当然予想してたとばかりに、エイジはギャリコたちの疑問をばっさりと切る。

「呼吸スキルの効果で、呼吸スキル値が上がれば上がるほど、身体能力三大スキル値は反比例するように下がるようになってるんだ。余計なものは削ぎ落としていくって、自然の法則なのかもね」

「それでエイジ様の身体能力スキルは一般人並みなのですか……！」

説明されれば理解できるが、やはりエイジのスキルウィンドウは非常識極まりない。本人が言うようにトリッキー過ぎた。

「混乱させるばかりだから、それなりにスキルを育てた人じゃないと見せたくないんだ。その点キミらはけっこうスキル値も充実したし、そろそろ見せてもいい頃かなとは思ったけど……」

「でもまだ……！」

「足元がグラグラ揺れているかのような錯覚がします……!!」

数字はただ大きいだけで、人に実際以上の衝撃を与えるものらしい。

三人から少し離れたところを歩きつつ、聖鎚の覇勇者ドレスキファが「けッ」と喉を鳴らした。

「僕のスキルウィンドウに関する感想はそれぐらいにして、いい加減現状に集中しよう。僕らがどこに突入しているか、忘れてはいないだろう」

「「あッ⁉」」

例の門が、エイジの超絶スキル値で簡単に開き、その奥へと進めるようになった。

彼らが今歩いているのは門の向こう。人類種の誰もが入ったことのない未踏の異境。

「何が出てくるかわからないんだ。二人とも気を引き締めて」

「「はい‼」」

「ドレスキファは関係ないから帰ってもいいよ」

「うるせえ！　オレは監視役だって言っただろうが‼　お前らが虹色坑道の奥底で妙なマネしないか最後まで見張るんだよ‼」

彼女もかなり意地が先走っているらしい。

やはり同じ覇勇者として、スキル値でも完敗どころではない負けを喫したエイジに心穏やかではいられないのか。

「ドワーフの都に伝わる伝説がたしかなら、この先には覇勇者すら敵わないモンスター、ウォルカヌスがいるはずだ。気を引き締め過ぎるということはない」

「覇勇者でも倒せないモンスター……、そんなものが本当にいるのでしょうか？」

勇者が全力を尽くして倒せるレベルのモンスターが勇者級モンスター。

覇勇者なら倒せるレベルのモンスターが覇王級モンスター。

ではその覇勇者ですら倒せないモンスターを、どのような等級に置けばいいのか。

「それは実際に相手を見てから考えよう」

エイジの背には、しっかりと魔剣が置かれていた。

兵士長級クィーンアイアントの殻で作り上げられたアントブレード。

兵士長級の素材で覇王級以上を相手にするのは無謀以外の何者でもないが、モンスターに対抗できるのが魔剣しかないならば頼るしかない。

「ギャリコ、ハルコーンの角は持ってきているよな？」

「当然、これがなきゃ始まらないでしょう？」

伝説の中にしか存在しない最強モンスターを用いてハルコーンの角を溶かす。

これが今回無茶を繰り返して目指す目的なのだから。

「……具体的に、どのようにして溶かすというのですか？」

「まだ見当もついていないわ。ウォルカヌスが本当にいるのかどうか。どんな姿をしているのかわからないし……」

今回は相手の様子を確認して、具体的な方策を立てる情報集めに徹することになるだろう。

「二度三度と戦うことを覚悟しないといけなくなるだろうな」

「ねえ、ところで……！」

「？」

ギャリコが、顔中に浮かぶ汗の玉を拭いながら言った。

「暑くなってきてない？　しかも物凄く」

47　灼熱の怪物

地の底まで続くかのように思えた地下通路が、急に大きく開けた空間へと繋がった。

この通路が地の底へ繋がっているとすれば、地の底とは地獄か。

そこはまさに地獄と呼ぶのが相応しい様相を呈していた。

「マグマの……、池!?」

マグマ地底湖。

そう呼ぶにふさわしい光景がエイジたちの眼前に広がっていた。

どれほど広いかわからない。

マグマが発する高熱が、近づいただけで危険なレベルなので湖畔《こはん》に寄ることもできない。

どうやら地下通路はここで終点らしく、さらに奥に進むとしたら、それこそあのマグマの湖に飛びこむしか道はなさそうだった。

「しないけどね。した時点で死ぬ」

「このどこかにウォルカヌスがいるってこと？」

これ以上先に進めない以上、可能性はそれ以外ない。

ここへ来るまでの通路も、少なくとも門をくぐってから一本道だった。

「しかしそれらしい姿は見当たりません……!?」

「だとしたら。いるとしたら……！」

ゴゴゴゴゴ……。

ここでも地鳴りのような音が鳴り響いた。音は眼前に広がるマグマの湖から発している。

「まさか……!?」

ゴポゴポゴポ……、マグマ地底湖の中心が泡立つ。

泡は段々と大きく、数を増やし、ついにはマグマの湖面そのものが大きく盛り上がった。

「きゃあああああッ!?」

「でたああああああッ!?」

マグマの湖中より現れたのは、まさしく生命を持ったマグマというべき存在だった。

湖面より盛り上がった小山のような隆起の頂点に、人類種の顔のようなものが窺わせる。

その、目と思しき掘りの深い部分が、エイジたちの方をたしかに向いた。

「こっちを認識している……!?」

それは間違いなかった。

「じゃあやはりコイツが……！　伝説にのみ記されるモンスター……！」

ウォルカヌス。

地上唯一、ハルコーンの角を溶かせる可能性を秘めたレジェンドモンスター。

「どんなヤツかと色々想像してはいたが……！　まさか本当にマグマそのものとは!!」

「この地底に広がるマグマ地底湖自体があのモンスターなんだわ！」

モンスターは人類種を見つければ襲い来るもの。

それは世界の常識と言えるものだった。

事実盛り上がったウォルカヌスの人面は、ゆっくり湖面を這ってエイジたちのいる岸辺へと向かってくる。

「まずは小手調べ……！」

岸辺にたどり着いたウォルカヌスの巨体へ、エイジが斬りかかる。

「ソードスキル『水破斬』!!」

高速の太刀運びで液体を斬り裂くソードスキル。

相手がマグマの集合体なら、効果があると踏んでのことだった。

しかし。

「!?」

得物に使ったアントブレードが、ウォルカヌスのマグマ体に接した瞬間火を噴いた。

「あちちちちッ!?」

慌ててアントブレードを離すエイジ。

鋼蟻より作られしはずの刀身は、いともたやすく丸焼けになってマグマの湖に消えた。

「そんな……!?」

対してウォルカヌスの巨体にはダメージらしきものがまったくない。

たった一合にして現状最強の武器を失ってしまった。

「『水破斬』の超スピードでも振り切れない超高熱……!?」

「ハルコーンの角を溶かせる期待感は上がるけど、ヤバ過ぎるわ！　攻撃手段がもうないじゃない!?」

アントブレードすら一瞬で焼き尽くしてしまう高熱に、セルンの青の聖剣も無事で済むとは思えない。

覇聖鎚を持つドレスキファは、そもそも一緒に戦ってくれるかどうかすら疑問。

「どうする？　ここは一旦引いた方が……!?」

「そうだな、様子見は充分済んだ。僕がしんがりを務めるから、皆全速力で門のあるところまで……！」

『……まあ待てや』

誰のものともわからぬ声が、マグマの地底湖に反響した。

誰の声であろう。

少なくとも地上からここまで降りてきたメンバーの誰の声でもない。

それ以外にここにいる生命と言えば。

『五百年ぶりの人の子どもはせっかちじゃのう。せっかく会いに来てくれたのにもう帰ろうというのか？』

「え？　え？」

『しかも挨拶なしにいきなり斬りかかるとは。わかっていたこととはいえ、人の子から嫌われ過ぎて傷つくわい。我が身よりも心を斬り裂く一太刀よな』

エイジは当惑した。

ギャリコもセルンも当惑した。

おまけにドレスキファも当惑した。

この声の主は、やはり……。

「モンスターが喋っている!?」

彼らの目の前にいる生命を持ったマグマ、ウォルカヌスが。

「人類種の言葉を使うの!? ウォルカヌスが!? モンスターが!?」

「そんなこと聞いたこともありません!? 我々は夢でも見ているのですか!?」

誰もがその事実を受けいれられず、混乱するより他なかった。

そんな小さき人類種たちの戸惑いを見下ろして、大いなるものはおかしげに微笑む。

『うぉるかぬす……? それが人の子どもがワレに付けた名か? よかろう、ではそう名乗るとしよう』

誰にも聞こえる大きな声を発するマグマの王。

聞き間違いの余地を与えぬほどにハッキリと。

『ワレはウォルカヌス。……それで、何の用があってここまで降りてきた?』

そこからしばらく静寂が流れた。

「……………」

「…………?」

「…………!?」

「…………ッッ⁉」

エイジもギャリコもセルンも、もはや巻き添えを食った形のドレスキファも、どう言葉を吐いていいかわからず、灼熱世界で硬直するより他ない。

「モンスターが喋った？」

「人の言葉を解する？」

「しかもけっこう紳士的……⁉」

それが彼らの価値観を揺さぶって、なかなか立ち直ることができなかった。

『……なんじゃい、寂しいのう。せっかく久方ぶりに人の子と話せる機会だと言うのに、誰も応えてくれんとは』

マグマの塊《かたまり》は、心底寂しそうな表情を、マグマの流動体の表面に作り出す。

『しかし、ワレをモンスターだと認識しているならば、ワレを倒しにここまで降りてきたか？　だとすれば心苦しいが、黙って帰ることじゃな。人の子にワレを倒すなどできんよ』

「あ、あの……ッ！」

ウォルカヌスの言葉のどこに反応したのか、ギャリコが弾かれたように言葉を発した。

ほぼ反射的なものだったろう。

『ほう、これは可愛い我が眷族《けんぞく》じゃ。一体このワレに何を言いたいのかな？』

「アンタが何者かよくわからないけど、問われたら答えるのが筋だわ!!」

『勇ましいの。どれ、落ち着いて言ってみなさい。途中でいきなり襲い掛かったりせぬゆえな』

ギャリコは自分の背負うリュックの中から、いそいそとあるものを取り出す。

それはもちろん、すべての事態の中心にあるハルコーンの角。

金属のようにキラキラ光るそれを掲げ、ギャリコは叫んだ。

「このハルコーンの角を、アンタの力を利用して溶かすためよ！　それが出来そうなのは、アンタの作り出す超高熱以外にないから！」

『ほう……？』

ここで初めて、ウォルカヌスはマグマの流動体に浮かぶ表情を困惑に浮かべた。

『それは……、邪眷族どもの体の一部か……？　そんなものを溶かして何になる？　五百年も断絶しているうちに、我が眷族は奇妙なことを考えるようになったもんじゃ』

「だったら聞かせてあげるわ！　アタシが何を作りたいのか！　耳かっぽじってよく聞きなさい！」

そしてギャリコは語り始める、もはや勢いに身を任せて。

それ以外にこの意外極まる状況で正気を保つ術がない、と言わんばかりに。

48　最強鉱物の完成

「……というわけなのよ」

　ギャリコは、灼熱怪物を前に語りきった。

　彼女が目指す『聖剣を超える剣』のたしかな形――魔剣。

　その究極の材料たる覇王級モンスター、ハルコーンの角。しかしそれを純粋な金属に精錬し、剣として打ち直すには、人類種が生み出すどんな高熱をもってしてもダメだった。

　だから最後の希望に浮かんだのは、モンスターが生み出す超高熱。

「数あるモンスターの中でも、アンタこそが最高の熱を生み出せるんじゃないかと思ったの！　だから確かめにここまで降りてきたのよ!!」

「ギャリコ……！　そんなこと考えてたのかよ……!?」

　人類種側で初めてこの計画を聞くただ一人、ドレスキファが動揺を極める。

「神が与えた聖なる武器以上の武器を人類種の手で生み出そうなんて……！　オレの専属鍛冶師としては相応しい野心だが、何故剣なんだよ？　ハンマーじゃダメなのか？」

「剣こそが一番美しい武器だからよ！」

力の限り断言するギャリコ。

「敵を破壊するという明確な機能を求められた武器の中で、剣こそがその機能を純粋に果たすシンプルさを持っているわ！　シンプルこそ美しいのよ！　アタシはその美しさにずっと前から魅入られているの！」

彼女を救った勇者の剣技を見た時から。

「ここに最高の材質があって、アタシは今日という日のために最高の鍛冶スキルを磨き上げてきた。そして最高の剣の使い手が、アタシの最高傑作が出来上がるのを待ってくれている」

チラリ、ギャリコの視線が一瞬だけエイジを向く。

「あと必要なのは、最高の材質を加工するための設備！　それをアンタに求めているのよ！　どうわかった⁉　わかったら何か言ってみなさいよ‼」

『フッフッフッフッフッフ……！』

グツグツと煮立つようなマグマ怪物の笑い声。

『グワッハッハッハッハ‼　なんと愉快！　我が眷族は、こんな珍妙なことを思いつくまでに進化したと申すか‼　実に面白い‼　胸がすくわ‼』

これもまた意外極まるリアクションだった。

「あの……！　アンタは……!!」

ついにエイジが、堪《たま》らず口を挟んだ。

ウォルカヌスに対して。

「一体何者なんだ……!?　アンタは僕らが今まで出会ってきたモンスターとまったく違う。まるで別物だ……!?」

『ワレをモンスターと値踏みするか？　……まあ仕方あるまい。お前たち人の子どもは、人智を超えるものといえばモンスターしか知らぬのだろうからな』

意味深な物言いに、エイジは戸惑う。

その物言いでは、まるでウォルカヌスはモンスターでも人類種でもない別の何かだと言うかのようではないか。

『ワレは……、そう「敵対者」とでも言うべきかの』

「『敵対者』!?　人類種のか!?」

『違うさ。神のよ』

神の『敵対者』。

そのフレーズにますます理解が追い付かない。

『その昔……、ワレらは女神たちによって封じられた。だからこんなところにおる』

「女神とは……！　人間族を生み出した剣神アテナや、ドワーフを生み出した鎚神ペレ……!?」

『そんなところよ。ワレも黙って封印されるばかりではなかったがな。ある時封印に穴を開け、お前たち人の子どもを迎えられるように細工した』

「……!?　まさかそれは……!?」

『ロダンの門。お前たちはそれを潜ってここまで来たのであろう？　開放にはかなり厳しい条件を課したつもりであったが、条件を満たしたのはお前か？』

ウォルカヌス……、という『敵対者』の視線がエイジを向く。

『……ふうん、なるほど。あちらの子が捧げてやりたい使い手は、お前で間違いないな』

「ああ、そうだ」

ここには躊躇《ちゅうちょ》なく即答するエイジ。

『よかろう、ならばお前たちの望み叶えてしんぜよう』

「え!?　いいの!?」

『そのために、こんな辺鄙《へんぴ》な場所まで降りてきたのであろう？　この年寄りの話し相手になるだけで帰しては、あまりに申し訳ない。そこの小さき子よ』

「小さき子ってアタシのこと!?」

言い方にギャリコは不満げだ。

『いいから角をそこに置きなさい。それから不純物を取り除けばいいのだろう？』

「え？　あ、まあそうだけど……？」

『では、それをワレの前に置いて、疾く離れなさい。ワレに近づきすぎたら火傷では済まんからね』

「ああ、はい……？」

あまりにも優し気な物言いに、ギャリコは思わず従ってしまう。

人々が充分に距離を取ったところで、ウォルカヌスは地面に置かれたハルコーンの角をパクリと飲み込んだ。

「「「あっ」」」

マグマに浮かぶ表情が、本物の顔だとわかってエイジか困惑。

ウォルカヌスはひたすらマイペースに、ハルコーンの角を含んだ口をもごもご咀嚼させる。

それをしばらく繰り返したあと……。

『ペッ』

と何かを吐き出した。

「ああッ!?　これはッ!?」

吐き出されたものを取り囲み、皆が驚愕した。

それは宝石のような輝きを放つ鋼鉄だった。

エメラルドなのかサファイヤか、どちらともつかぬ寒色系の輝きに、質感は間違いなく鋼鉄。

金のような柔らかさはない。ひたすらに硬い。

「これが……、ずっとずっと追い求めてきた……!!」

「ハルコーンの角を精錬した、純正金属……!?」

ウォルカヌスが体内の超高熱でハルコーンの角をドロドロに溶かし、不純物を焼き尽くして、金属部のみに純正化してくれた。

あまりにもあっけない達成にエイジもギャリコもいまだ現実感が伴わない。

『よかったの、その金属を使えば神々どもの作り出したものよりも遥かに強力な武器を作れよう。何しろ製作者の腕がよいからの』

ウォルカヌスは、続いてさらに『ペッ』と吐き出す。

最初に吐いた金属片よりずっと小さなものを。

「これは……?」

『おまけのプレゼントといったところかの。鍛冶仕事には、鍛冶道具が必要であろう』

「……!!」

ギャリコが、さらにリュックからあるものを取り出す。

それは小さなハンマーだった。小さすぎて戦闘にはとても使えそうにない。

「それは……！　鍛冶用の……!?」

ギャリコはいそいそとハンマーを弄って頭と柄に外し分けると、頭の部分は仕舞って柄のみを残す。

そしてその柄と、たった今ウォルカヌスが吐き出した小さい塊を組み合わせる。

『気を付けて扱いなよ。ワレの中でかなりぬるめたとはいえ、まだまだ人の子が扱うには熱すぎるからね』

「はい！」

ちゃっかりと断熱用手袋をつけて、柄と塊を組み合わせてできたのは、やはり小さなハンマーだった。

「ピッタリ合う……!?」

ウォルカヌスが自分の体内で精錬したハルコーン由来金属を、少量分けて、ギャリコが使う鍛冶用ハンマーの頭に整え直したのだろう。

『よい作品を作り出すにはよい道具が必要だ。どの道普通のハンマーでは、邪眷族の素材はビクともしまい』

「ありがとう……！　ありがとうございます！　こんなに至れり尽くせり助けてくれるなんて!!」

『五百年ぶりに出会った人の子ゆえな。たくさん感謝されたいのよ。それに、人の子により神を超える武器を作り出せば、ヤツらの鼻もあかせて小気味よい』

その存在を知った時は、今まで戦ったモンスター同様雌雄を決するまで戦う所存だったのに。

もしかしたらドワーフの都に来てもっとも助けてくれた存在かも知れない。

「行ける……！　行けるわ！　このハンマーで、純正化されたハルコーンの角の金属を打って、究極の魔剣を作り出すのよ！　目標まであと一歩だわ！」

「うーん、でもハルコーンの角の金属って、長くなりすぎて言いづらいな」

「それもそうね……、完全新種の金属だろうし、ここでアタシたちが呼びやすい名前を付けたらどうかしら？」

「呼びやすい名前？　……うう一ん？」

少しの沈思を経て、エイジは閃いた。

「ハルコーンから折って手に入れたから、オリハルコンはどうだろう!?」

49　絶剣創造

オリハルコン。

そう名付けられた金属は、深冷なる輝きを放ってギャリコの手の中にある。

自分本来の形となることを、今や遅しと待ちかまえるように。

「あ、ありがとうございますウォルカヌスさん！　アナタのお陰で魔剣作りはあと一歩で完成です！」

「そうだな……！　あとはもうギャリコがその手で剣に打つだけだ！　早速地上に戻って……！」

『できるかな？』

ウォルカヌスからの見透かすような指摘に、ギャリコもエイジも言葉を詰まらせる。

『その金属を剣の形に打ち直すには、さらに熱して、打って形が変わる程度に柔らかくせねばならんのではないかね？　地上の、人の子どもが作った炉で、それだけの熱を生み出せるのかな？』

「うッ……!?」

それは不可能だった。

ドワーフの作った炉ですら、角状態だったオリハルコンの表面すら溶かせなかったのは既に実証済み。

でなければ、オリハルコンを剣の形に打ち直すなど夢のまた夢である。

『ワレが溶かしてやろう』

ウォルカヌスが言った。

『我が体によって、ちょうどいい柔さになるよう調節して熱してやろう。剣は、ここで作っていくがいい。恐らくそれ以外に、お前たちの望みを達成する手段はないぞ』

「そんな、ただでさえここまでお世話になったのに。さらにこれ以上……!?」

『いいではないか。ここまで来たら最後まで手伝わせなさい。ワレは嬉しいのだ。五百年の時を越えて人の子どもに出会えたことが。だからお前たちに何でもしてあげたくなるのじゃよ』

この怪物としか呼びようのない存在の、染み込むばかりの情の厚さは何なのだろうか。

ウォルカヌスによって、遥か遠くにあった魔剣完成のゴールが見る見る近くなっていく。

ギャリコなどはこの展開に現実感まで失おうとしていた。

「……ッ!!」

しかしすぐさま表情を切り結ぶと、背負っていたリュックを下ろし、中から携帯用の鍛冶台やら様々な鍛冶道具を取り出す。

「ギャリコ……！　まさか……!?」

「ここで魔剣作りを始めるわ！　ウォルカヌスさんの言ったことは完全に正しい。ここでウォルカヌスさんにオリハルコンを熱してもらいつつ、剣の形に打ち伸ばす!!」

ギャリコの表情に、並々ならぬ決意が漲っていた。

ここですべてを終わらせるつもりだと。

「ドレスキファ！」

「いいッ!?　何ッ!?」

「アンタ上の階層に行って汲めるだけ水汲んできて!!　坑道ならそこかしこに備えつけてあるものでしょう!?」

「覇勇者のオレを顎で使うつもりかよ!?　ああもう、くそう!!」

少しは抗うものの、ギャリコの剣幕に押されて駆けていくドレスキファだった。

「最後にエイジ！」

「はいッ!?」

指名されてエイジもビビる。

恐らく人生最高の作業を目の前にして、ギャリコはエイジに何を望むのか。

「抱きしめて！」

「は!?」

「だからアタシのこと抱きしめて、ギュって、気持ちを込めて！」

想像を超えて突飛だった。

「アタシはこれから、アンタのための剣を作るの。エイジが使う、それだけのための究極最高の剣を。だからアタシの中にエイジを出来るだけ入れておきたい。エイジの気持ちや感触に全身を満たしながら剣を打ちたいの!!」

「……!!」

彼女の望むことがわかった時、エイジは無言で行動に出た。

滞《とどこお》りなく彼女の望む通り、全身で抱きしめる。

「ふあああ……!!」

二人の出会い、再会、ともに旅した数ヶ月。

それらはすべて縁というものが引き起こした奇跡だった。その奇跡の集大成が、もうすぐ形となって現れる。

そのために二人は改めて気持ちを一つにした。

「…………！」

ひとしきり抱き合った二人は、体を離して見詰め合う。

「…………ッ!!」

「……やります！」

「頼んだ！」

祭壇のごとき鍛冶台に赴く途中、ギャリコはセルンの方も見る。

「……」

セルンもまたギャリコを見つめ返す。

そして無言で抱き合う二人。

「何故ッ!?」

「何故か知らないけど、セルンとの思い出もこの剣に込めたくなったの」

そしてギャリコは鍛冶台の上にオリハルコンを載せた。

これまでの様々な愛憎、戦い、すべてを乗り越えたどり着いた座で、今ギャリコはハンマーを振るう。

＊　＊　＊

……それからどれほどの時間が経っただろうか。

数時間かも知れないし、数日かも知れない、あるいは数年かも知れない。

ギャリコが一心不乱にハンマーを振るう様を、エイジは一瞬とて目を離さず見守り続けた。

目を逸らすことなど許されない。

エイジはそう思った。

ギャリコは彼のために全身全霊を振るって、あの金属を鍛えているのだから。

神の形ある奇跡、聖剣を超える剣を作るために。

考えてみればなんと恐れ多く、また挑戦的な行為なのか。

ギャリコは今まさに神を超えようとしているのだ。

そしてその御業は、ついに完成した。

＊　＊　＊

「出来た……ッ!!」

ギャリコの掲げた手の中に、紛れもない一振りの剣があった。

しかも不思議な様相の剣。

刃が片側にしかなく、刀身も真っ直ぐではなく心もち反っている。

エイジたちが知るあらゆる剣よりも薄く、それなのに弱々しい印象を受けない。

原料となったオリハルコンが放つ不気味な冷気が、剣に形を変えたあとも厳然と漂っていた。

「これが……！」

魔剣という存在に気づいてから、ずっと追い求めてきた究極の形。

猛き魔獣ハルコーンのもっとも凶悪な部位から作り出した魔剣。

「やっと……！　やっと完成したのか……!?」

「そうよ！　アタシたちのこれまでの苦労が、ついに形を成して報われたのよーッ!!」

喜びの下に抱き合おうとした二人だが、作ったばかりの究極魔剣が手にあるので、控えた。

しかし嬉しい。

たまらなく嬉しい。

傍から見ていたセルンまで一緒になって、喜びに身が打ち震える。

『よくやったのう。ギャリコよ。お前の渾身、しかと見届けさせてもらったぞ』

共に魔剣作りを援助してくれたウォルカヌスも満足げだった。

「ありがとう！　本当にありがとう！　アナタが助けてくれなかったら、こんなにスムーズに魔剣を作り出すことはできなかった。本当にありがとう!!」

『いや、まだ終わりではない』

すべてが終わったつもりのギャリコに、ウォルカヌスは告げる。

『その剣は、まだ完成を見ておらぬ。もっとも重要な、最後の儀式をまだ迎えておらぬ』

「最後の……！」

「儀式……⁉」

『作りし者ギャリコ。使う者エイジ』

訝る二人を前に、ウォルカヌスは命じた。

『その剣をワレに捧げよ』

50　斬産霊

「何をバカなことを言っているのです⁉」

ウォルカヌスからの要求に、最初に噛みついたのはセルンだった。

ギャリコ、エイジにもっとも近い見届け役としてその声を張り上げる。

「最初からそれが目的だったのですか⁉　ギャリコに最高の剣を作らせて、それを自分のものにしようと⁉　それでこんなに甲斐甲斐しく世話を焼いたのですか⁉」

「セルンちょっと待って……！」

「二人がどんな思いでここまでやってきたかわかっているのですか⁉　二人が同じ目標に向けて……！　失敗を何度も繰り返して、それでも挫けずにたどり着いたのです。その成果を掠め取ろうなど、やはりモンスターは信用できません‼」

「セルン、静かにするんだ」

　異様なまでに興奮するセルンを二人がかりで宥める。

　一見無関係なセルンがここまで激昂するのも意外だった。

「……いいわ、この魔剣、ウォルカヌスさんに捧げます」

「ギャリコ⁉」

「この魔剣を完成できたのは、ほとんどウォルカヌスさんのお陰と言っていいわ。あのヒト……、ヒト？　……には、とても助けられた。それを今さら疑うこともできない」

「そうだな、散々僕たちを助けてくれた彼……、彼？　……が言うからには、何かしら考えがあるんだろう。ここで信じなかったら、恩を仇で返すことになる」

　エイジとギャリコは、二人手を添え合って出来上がったばかりの魔剣を、巨大なる溶岩の怪物に捧げた。

「ウォルカヌスよ、アナタの協力で出来た至高の一振りだ」

「アナタに捧げます。どうか受け取ってください」

すると魔剣がひとりでに浮かび、二人の手から離れた。

魔剣は宙に浮いたまま、ウォルカヌスの眼前で停止する。

『うむ、しかと受け取った』

満足げに頷く。

溶岩の集合体に顔が浮かんだような外見なので、あくまで頷いたかのように見える動作だが。

『この剣に足りぬ最後の一要因。それは名だ』

名前。

『命なきものは、名を得ることで命を宿す。これを命名と言う』

名付けるためには、みずからも真名を示さなければならない。

『この「敵対者」カマプアアが、汝に名を与えよう。極の刀匠ギャリコによって生み出された。覇の剣士エイジの手に生きる魔剣よ。汝の名はキリムスビ』

「キリムスビ……!?」

「キリムスビ……!?」

魔剣キリムスビ。

『その名をもって剣の覇者の牙となれ。……エイジよ』

「はい」

『我から汝にこの刃を与える』

「拝領いたします」

ウォルカヌスの眼前に浮かんだ魔の刃が、エイジの手へと降りてきた。

まるで儀式めいた一連のやり取りに、周囲の者は呆然と見守るのみ。

「魔剣キリムスビ……。ついに僕が、生涯の相棒として振るうべき剣が我が手に宿った。ありがとうギャリコ、すべてキミのお陰だ」

「ううん、アタシも、これまでの生涯最高の仕事ができて本当に嬉しい。アナタのお陰よ、本当に……！」

二人の目的が、ついに達成された。

彼らの発想が、苦労が、様々に起こった出会いと戦いが、この一点に報われたのだ。

『……感動しておるところ悪いが、余韻に浸る時間はなさそうじゃぞ』

「え？」

ウォルカヌスからの唐突な呼びかけに、皆等しく困惑する。

「時間がない……⁉　何故？」

『ロダンの門がエイジの手によって開かれ、ギャリコが剣作りに没頭して久しく時が経つ。女神どもが、封印の綻びに気づいて手を打ってくるにはいい頃合いであろう』

何か、剣呑な雰囲気が……。

『……気配が三つ。女神どもめ相当慌てておるものと見える。できるだけ急いで戻るがいい。お前たちの住む街を守りたければ』

「なんか……、何から何までお世話になって、本当に……！」

申し訳なさを表情いっぱいに浮かべるエイジだった。

「もっと長くアナタとお話したかったわ……！」

『なに、ワレは五百年ぶりに人の子と言葉を交わせただけで満足よ。お前たちなら邪眷族の数体ずれ、容易く撃破できるだろうゆえ心配もいらぬ』

そして巨大なるマグマの主は、眠気を覚えた老人のようにマグマの地底湖へと戻っていく。

『しかし、お前たちとの会話は楽しかったよ。また来ておくれ。お前たちの寿命が尽きる前に、一度ぐらいは』

「必ず、この魔剣キリムスビの成果を報告しに……！」

「さようならカマプアア様……！」

その名を呼ばれ、一瞬だけ目蓋《まぶた》らしき部分をピクリとけいれんさせるマグマの主。

『その名を聞いておったか。……いいよウォルカヌスで、お前たち人の子がくれた名の方が、ワレにはよほど意味がある』

最後に。

『そこの大きなペレの眷族よ』

それは恐らくドワーフ族の覇勇者ドレスキファに向けられた言葉だろう。

この地底までやってきて、完全部外者としてずっと手持ち無沙汰、口を挟むことも一言としてなかった。

そんなドレスキファに、最後に人智を超えた者より言葉がかけられた。

『もっとしっかりしろ』

「…………!?」

そしてウォルカヌスはマグマ地底湖の中に消えて、周囲には灼熱の静寂だけが残った。

「ぼっとしてる暇はない、地上に戻ろう」

エイジが言った。

「何かただならぬことが起ころうとしているのはたしかだ！」

51　右往左往

そうして大急ぎで坑道から出ると、地上は混乱の坩堝《るつぼ》と陥っていた。

「避難！　避難だあああッ!?」

「一般市民を中央へ！　外縁部からできる限り遠ざけろ!!」

「戦える者は全員城門へ!!　ドレスキファ様は!?　覇勇者ドレスキファ様はどこだあ!?」

とても尋常な雰囲気ではない。

エイジたちと共に帰還したドレスキファも、最高戦力として傍観しているわけにもいかず……。

「おい、どうした!?」

一人適当に捕まえて尋ねる。

「あッ!?　ドレスキファ様!?　何処に行ってたんですかこの大変な時に!?　探したんですよ!?」

「うるせえ、それより何の騒ぎだ!?　なんで都中大騒ぎになっている!?」

それに対する答えは、衝撃的なものだった。

「モンスターです！」

と。

「モンスターが都に接近中だと見張りから連絡があったんです！　しかも覇王級が！」

「覇王級⁉」

「しかも三体同時に⁉」

「三体⁉」

未曽有の危機が、ドワーフの都に迫っていた。

＊　　＊　　＊

一体目の魔は南から迫っていた。

火の魔。

燃え盛る石炭が何百と集合し、一個の生き物のように渦巻き動く灼熱の魔。

生きる石炭デスコール。

二体目の魔は西から迫っていた。

氷の魔。

氷がまるで道のように伸びる。その道が目指すのはドワーフの都。

氷の街道アイスルート。

最後、三体目は東から。

鉄の魔。

誰もそれを生物だとは思わない。鉄の板が一枚、ただ浮かび迫ってくる。

不可解なる鉄板ソフトハードプレート。

いずれも例外なく覇王級。

覇勇者でなければ倒せないと言われる最強部類のモンスターが三体も同時に都市を襲う。

当然そんな事態は過去例がなく、報告を受けた聖鎚院はすぐさま大パニックに陥った。

＊　＊　＊

事態を知り、聖鎚院へと駆け戻ったドレスキファは、聖鎚院長から罵倒に近い叱責《しっせき》を受けた。

「ドレスキファあああああッッ!!　やっと戻ってきたかノロマ！　このロクデナシ！　大変な時にどこで遊んでおったあああああッッ!?」

人間族に聖剣院あるように、ドワーフ族にはドワーフの聖なる武器、聖鎚を管理する聖鎚院がある。

ドレスキファも、覇勇者であるからには院に所属し、聖鎚院長の指示に従わなければならない立場だった。

その聖鎚院長が恐慌に近い形で激高している。

「お前が覇勇者という重責にかかわらずどこぞでヘラヘラ遊んで折る時にな！　このドワーフの都にとんでもない危機がやってきたんじゃあああああああッ⁉　もうお仕舞だあああ‼　何もかもお仕舞だああああああああああッッ‼」

「また荒れてるなあ……⁉」

ドレスキファに付いて聖鎚院までやってきたエイジたち。

とにかく状況把握のため、他に話の通じる相手がいないかと視線を巡らせると、そこにかつて会った聖鎚の勇者たちが雁首《がんくび》揃えているではないか。

青の聖鎚ダラント。

白の聖鎚ヂューシェ。

赤の聖鎚ヅィストリア。

黒の聖鎚デグ。

だったか。覇勇者ドレスキファの下でより広いモンスター退治を進めるのが本来の役目の四人。

「何があった？」

エイジに尋ねられると、かつての敗北が思い出されるのか萎縮しながら一人が答えた。

「えと、あの……!?」

「いや概略は聞いている。覇王級が三体同時に襲ってきてるんだとな。現れたのは具体的にどんなモンスターだ？」

「……南からデスコール。西からアイスルート。東からソフトハードプレート……」

「また面倒なヤツらばかり……！」

「ヤツらは全員、城壁に取り付いています。このままでは都市内に侵入されて甚大な被害が……!!」

そんな事態になっているというのに、何故勇者たちは雁首揃えてこの場にたむろしているのか。

「だ、だって……！　オレたち所詮ただの勇者で、覇王級なんて相手にできないから……!!」

エイジの刺すような視線に感じ取ったのだろう。聖鎚の勇者の一人が弁解がましく申し立てた。

「たとえ敵わずとも、真っ先に前線に立って事態に立ち向かうべきが勇者だろう‼　ドワーフの勇者どもは何故そんなこともわからない⁉」

今まで他種族のことと思い、努めて口出しを控えてきたエイジの我慢が爆発した。

「どうするつもりだ？　覇王級が覇勇者にしか倒せないなら、三体全部ドレスキファァに任せて自分たちは昼寝でもしているつもりか⁉」

「いいッ⁉」

その言葉に反応してドレスキファが色をなした。

「ふざけんじゃねえよ‼　いくらオレが最強無敵だからって、まったくバラバラなところに現れた覇王級三体を一挙に完全対処なんてできねえよ‼」

「念のために聞くがドレスキファ。お前、覇王級はこれまで何体倒してきた？」

「えッ⁉」

その質問に、問われた当人は言葉を失った。

「…………」

「おい、答えろよ」

「…………」

「まさか、一体も倒したことがないとか言うんじゃあるまいな？」

「仕方ねえだろ！　オレは覇勇者に就任してからずっと都市を守るために動かなかったんだから！　覇王級なんてそうそう襲ってこねえよ!!」

それを聞いてエイジは、周りもはばからず盛大な舌打ちをした。

ドワーフの都ばかりを大事にし、それ以外の同族をいかなる魔害に苛まれようと無視し続けてきた結果がこれだ。

種族を守るため戦い続ける勇者が戦いを忘れ、見てくれの豪勢さにばかり没頭してみずからを鍛えることとすら忘れてしまった。

その挙句の果てに、本来たった一つの役割であるはずの都市防衛すら満足に行われぬ体たらく。

「終わりじゃあああッ！　こんな腰抜けどもに聖鎚を授けたのが間違いじゃったあああッ！おかげでドワーフ族は終わりじゃあああッ！」

割と勝手に嘆くドワーフ族の聖鎚院長へ、進言する者がいた。

「お待ちください」

セルンだった。

『人間族の勇者』という彼女の肩書が、ここぞとばかりに役立つ。

「私はセルン、聖剣院より聖剣を賜った勇者です」

「おおッ⁉　他種族の勇者かッ⁉」

「種族は違えど、目前にあるモンスター害を見過ごすことはできません。どうか私たちにも都市防衛を手伝わせてください」

「なんと勇ましい！　人間族の勇者は頼もしいばかりじゃ！　ウチのタダメシ食いどもとはわけが違うわ！」

正式な認可を受けてセルン、ドワーフの都防衛に向けて勇者の務めに邁進する。

その後ろにいる者も……。

「エイジ様、かようにあいなりました」

「うむ」

実際の肩書がないエイジは、セルンに話をまとめさせてここから吠える。

「ならば行動するぞ‼　これからの一挙手一投足に、都市に住む人々の命がかかっていると思え‼」

襲い来るモンスターはデスコール、アイスルート、ソフトハードプレートの三体。

いずれも覇王級の手強いモンスターだ。

「エイジ様、戦力を分けますか？」

「そうだな、既にモンスターどもは都市に侵入しているだろう、一秒の遅れが百の人命を損ないかねん」

ではどのように戦力を振り分け、どこへ向かわせえるか。

「三体のモンスターの中で一番厄介なのはアイスルートだ。僕が向かう」

エイジが即座に分析し判断する。

「東から来るソフトハードプレートはセルン、キミに任せる。そこでグダッてる役立たずどもを連れていけ」

そう言ってエイジが指し示したのは、元々この都市を守るべき聖鎚の四勇者だった。

「えッ!?」「あッ!?」「ひッ!?」「おッ!?」

全員何故か意外とばかりに驚きの声を上げる。

「キミがこれまで積んできた経験を活かせば、役立たずにも使い道が見つかるだろう。キミの手で駄馬《だば》を駿馬《しゅんめ》に鍛え直せ！」

「承知！」

これで三体のうち二体の対処が決まった。

残る一体……。

「ドレスキファ」

エイジの視線が、本来この都市を守るべき最高責任者。ドワーフの覇勇者ドレスキファへと向かう。

「デスコールはお前に任せるが、いいか？」

その問いは、あるいは問いかけること自体が侮辱的な行為だろう。

この都市を守ること自体ドレスキファの最優先の務めで、当たり前のことなのだから。

「この場には覇勇者二人、勇者五人。三体の覇王級モンスターに対して、覇勇者が一体ずつ受け持ち、残り一体を勇者全員で対抗するのがもっとも均等な振り分けです」

「デスコールは手強い。どうしても無理なら防御に徹し、僕がアイスルートを倒して駆け付けるまで足止めするだけでもいいぞ」

「ふざけるな!!」

その怒号は、むしろ泣き喚《わめ》くようでもあった。

「オレたちのシマで勝手ほざいてんじゃねえ！　ここはドワーフの都だ！　オレがこの都を守るんだ!!　お前の方こそオレが駆けつけてとどめ刺してやるから、それまでしっかり足止めしておけ!!」

52　氷の路線

こうして布陣が決まった。

突如襲い来る脅威に戸惑い混乱しても、とにかく対抗しないことには生き延びることもできない。

あとは各自の振り当てられた現場へ急行するのみ。

「エイジ！」

ここで初めてギャリコが言葉を挟んだ。

みずから戦闘職でないことを弁え、余計な口出しを控えていたのだろう。

「アタシ、ドレスキファと一緒に行っていいかしら？」

「ええッ⁉」

その言葉に、緊張に曇《くも》っていたドレスキファの表情が即座に輝く。

「本当かギャリコ⁉　ついにオレの専属鍛冶師になってくれるんだな⁉」

「なんでそんな飛躍した結論になるのよ⁉　アタシは、アンタでちょっと試したいことがあるのよ‼」

「試したいこと？」

首を傾げる。

「どうせエイジは放っといたって必ず勝つんだし、なら一番心配なところをサポートするのは当然でしょう。だから付いてってやるのよ弱い方に」

「弱い方⁉」

そのロジックに少なからず衝撃を受けるドレスキファだが、さらなる衝撃に襲われる。

「ダメだ」

とエイジが以外にも許可しなかったのである。

「えッ？　でも……！」

「ギャリコ。この戦いは、キミの作ってくれた魔剣キリムスビを振るう初めての戦いだ。この剣の真価が、もうすぐ実証される」

その記念すべき最初の戦いを……。

「キミが見届けなくてどうするんだ。僕はキミに見てほしい、この剣が最初に飾る勝利を」

「………」

その言葉に、ギャリコの鼓動が一際ドクンと高鳴った。

「……わかった」

「ギャリコ⁉」

一度思わせぶりなことをされたドレスキファは、いっそう悲痛に叫ぶ。

「ごめんねドレスキファ。でも大丈夫よ。エイジなら一瞬で終わらせて、すぐアナタの救援に向かえると思うから」

「それまで死ななきゃ大丈夫だ。お前も一応覇勇者なんだから、瞬殺されることもないだろ多分、きっと」

「どこまでも舐め腐りやがって～ッ⁉」

屈辱に震える相手を置いて、エイジはギャリコを片腕で抱き寄せた。

「きゃあ……ッ⁉」

もう片方の手には、完成したばかりの魔剣キリムスビがしっかり握られている。

「エイジ様、ご武運を」

「そちらもね。勝ったら、またスキル値が上がるよ」

戦場を別にするセルンと短く言葉を交わし、エイジは聖鎚院本部から飛び出した。

彼が担当する氷魔アイスルートの場所は、既に関係者に確認してある。

＊　＊　＊

「ありがとう、エイジ……！」

エイジに抱えられながら現場に急行するギャリコ、その腕の中で小さく呟く。

「ありがとうって何が？」

「このドワーフの都は、短い間だけどアタシも住んだことのある街。ヤなこともあったけど愛着はたくさんある」

エイジには、実家である鉱山集落も救ってもらい、どれだけ礼を言っても言い足りない心地のギャリコだった。

「そんなこと、お礼されるまでもないよ。モンスターを倒すのは僕の務めなんだ。勇者とは関係なく、僕自身の務めなんだ」

「……あの」

さらに言い難いことを、ギャリコは胸に蟠《わだかま》らせているらしい。

「……ウォルカヌスさんが、言ってたじゃない。あのモンスターたちがやってきたのは、アタシたちが門を開けたからだって」

そういう趣旨のことを言っていたかもしれない。

「じゃあ、この災難はアタシたちのせいなのかしら？　アタシたちが自分の欲求のために、踏み込んではいけない場所に踏み込んだから……？」

「そうだって言うなら、僕らは責任の取り方をちゃんとわかっている」

既に呼吸スキルで身体能力を倍加し、驚異的な跳躍で並び立つ建物をヒョイヒョイ飛び移るエイジ。

現場への到着はあっという間だった。

「ヤツらをこの手で始末すること。これほどハッキリしたことはないだろう？」

「そうね。時々エイジの堂々ぶりに圧倒されちゃうわ」

ドワーフの街の外縁部。

モンスター対策のためにぐるりと取り囲まれた城壁の、よりにもよって城門部分を破って、それは登場していた。

地を這う氷の塊。

覇王級モンスター、アイスルート。

「もう来ていたか……、数あるモンスターの中でも一番いやらしく、一番実害ある氷野郎」

「あれが……！　モンスターなの……!?」

当然アイスルートというモンスターを初めて見たギャリコは、その姿に困惑する。

まさにただの氷だった。

路上にこんもりと盛り上がる氷。

透明感があり、ところどころ霜で白く曇った氷は、しかし体積は巨大で、もはや城門を完全にふさいでしまっている。

門そのものは超低温にさらされたせいか、凍ってガラスのように砕け散っていた。

「あの氷が……、モンスターなの？」

「違う、氷はあくまでアイスルートが作り出した一種の攻撃手段だ。アイスルート本体は、あの氷の、ずっと後ろの奥にいる」

「後ろ……、奥……？」

その意味ありげな言葉の選び方に、ギャリコは不安を覚える。

「アイスルート……、『氷の道』という名を付けられたあのモンスターは、本体はごく小さなものでしかない。しかしその小さな本体が超低温を発し、自然に流れる川や湖の水、空気中の水蒸気を凍らせて氷を作り出す」

その氷は、さながら道のように長く伸びて、人々の住む街を目指すのだ。

そして持ち前の氷結能力で村や街を丸ごと氷漬けにしてしまうのだ。

「アイスルートがどうやって氷を通じ、人類種の住む街を感知してたどり着いているかは謎だ。そして何故好んで人類種の密集地を氷漬けにするのかも。獲物を狩るとか、そんな目的じゃない。ただ命ある者を凍え死にさせて、それを楽しんでいるとしか思えない！」

既に氷の塊は、都市内に侵入している。

今はまだ出入り口付近までだが、パリパリと音を立てて氷は確実に広がっている。

空気中の水蒸気を取り込んでみずからを肥大化しているのだ。

「これ以上好き勝手させるかーーーッ!!」

「あッ!?」

エイジたちの脇をすり抜けて、幾人ものドワーフ戦士がハンマー振り上げ突進した。

恐らく聖鎚院に所属する兵士たちだろう。聖鎚を与えられずとも、都市を守備しているという自負に満ちているはずだ

「やめろ！　お前たちが敵う相手じゃない！」

エイジの制止も聞かず、ドワーフ兵士たちは氷塊《ひょうかい》に向けて鉄製のハンマーを振り下ろす。

ガキィンと威勢のいい音を立てて氷は砕けた。

「攻撃が効いた!?　モンスター相手に!?」

「だからあれはモンスター本体じゃない！　アイスルートが能力で作ったただの氷に過ぎないんだ！　だから当然叩けば砕けるさ！」

しかしそこからが氷の覇王の恐ろしさ。

「なんだ⁉　簡単に砕けたぜ⁉」

「モンスターも大したことねえじゃねえか⁉」

「このままどんどん砕け！　氷で塞がれた城門を解放するんだ‼」

調子に乗ってどんどん氷にハンマーを振り下ろすドワーフ兵士たち、しかしその攻勢はすぐに鈍る。

「うう……！　冷たい……！」

「寒さで動きが鈍る……！　ッ⁉　なんだ⁉」

「足が……！　凍って動かない⁉　地面に張り付いて⁉」

視界にある氷と、アイスルートの本体は別物。

どれだけ砕いても、本体が無事な限り氷は新たに作り直される。

氷に接するドワーフたちは体温を奪われ、どんどん低温化し最後には凍り付く。

そして再生する氷の中に取り込まれて死に至るのだ。

「これはダメだ……！　退避！　退避いいーーッ⁉」

「ダメだ凍って動けない‼」

「くるぶしまで氷に沈んで……！　誰か助けてぇぇーーッ⁉」

もがく者すべてを氷に取り込んでしまうのがアイスルートのやり口だった。

今はまだ空気中の水蒸気だけを材料に氷を作っているのでスピードは鈍いが、川や水路などに到達すれば氷結は爆発的に広がる。

住民が逃げる暇もないほどに。

「アイスルートを倒すには本体を叩くしかないんだ。枝葉の氷をいくら砕いても、体温を奪われて食われる準備になるだけだ」

「なら、一刻も早く本体を攻撃しましょう！　本体はどこに……!?」

「わからない」

「え？」

アイスルートが『氷の道』と呼ばれる所以。

それは遥か遠くから氷の道を伸ばして、人類種を攻撃することにある。

「氷の道は、ずっとずっと遠くから伸びてくるんだ。本体が、どれくらい離れた場所にあるのかわからない。もしかしたらドワーフの勢力圏の外から氷の道を伸ばしてきているのかも」

無論伸びた氷の道を遡れば、迷うことなく本体に到達することができるだろう。

しかしそれを目指して移動している間に街が全滅することも充分あり得る。

その物理的距離の断絶こそ、アイスルートを覇王級として認識させた厄介さだった。

「だから通常アイスルートを倒すには、兵士たちが決死の覚悟で氷の進行を食い止めつつ、勇者が道を遡って本体を見つけ出し、叩くしかない。だが本体の下にたどり着くのに、酷い時は二日以上かかったとか……！」

「そんな！　そんなに悠長にしていたら、ドワーフの都が全部氷に覆われちゃうわ‼」

いかなる種類であれ、一都市を丸ごと全滅させられる猛悪さを持っているからこそ覇王級の称号が冠される。

覇王級モンスターに狙われた街は、確実に近い確率で滅び去るのだ。

それを止めることができるとしたら……。

「覇勇者と、覇聖剣しかない」

しかし今ここには、覇聖剣の代わりに一振りの魔剣。

「行くぞキリムスビ。お前が聖剣を超えられるか、実証の時が来た……！」

53　天に倚《よ》る剣

「ソードスキル『破鎚剣』」

振り下ろす剣撃によって氷が粉々に砕け散る。氷の中に取り込まれかけたドワーフ兵士たちも解放され、何とか事なきを得た。

「負傷者を回収、凍らされた部分にジャンジャン湯をかけて温めてやれ。でないと凍傷で切り落とさなきゃならなくなるぞ」

「は、はいぃぃぃぃッ!?」

エイジの指示を素直に受けて、ドワーフ兵士たちは凍りかけの仲間たちを引きずっていく。

「おや」

エイジの視線が戻ると、その時にはアイスルートは砕かれた氷を完全に復元させていた。

「相変わらず素早い氷結速度だな。見た目からはまったく速いようには思えないのだが」

いつの間にか。

としか言いようがない拡大。それによって油断した獲物を氷に捕え、飲み込んでしまう。

アイスルートがドワーフの都全体を氷で覆ってしまうのに、想像するほど長い時間はかかるまい。

「ま、その前に倒すがね」

エイジは、無造作に氷塊へ向けて歩み出す。

「エイジ危ない！　氷に飲み込まれるわよ!!」

ギャリコがハラハラするのもかまわず、エイジの足取りにはまったく警戒感がない。

既に、ドワーフたちの吐く息が白くなっていた。

氷塊の発する冷気が、周囲の空気までも厳冬のごとく冷やす。

「どうやってお前を倒すべきか……？」

覇王級モンスター、アイスルートを厄介たらしめる所以は、本体を遥か遠くに置いて攻撃してくるという点である。

物理的な距離の断絶が、人類種側の反撃を限りなく不可能にし、モンスター側の一方的な氷結攻撃を可能とさせる。

「方法は色々とあるだろうが、いずれも時間がかかりすぎる」

今回はアイスルート以外にも二体の覇王級をお迎えしている。アイスルート一体のみに没頭するわけにはいかない。

「それゆえに一手にて仕上げさせてもらおう」

魔剣キリムスビを片手にてかまえる。

その刀身から、妖しい光と共に涼やかな冷気まで放たれる。その透明感ある刃を見詰めていると、アイスルートの放つ低温とは別で体の芯まで震えてしまう。

「ついにアタシの魔剣が……！」

鼻水まで出そうな極寒の中、ギャリコはそれでも目が離せない。

自分の最高の仕事が、どのような結果を生み出すのか見届けるために。

「……『威の呼吸』」

エイジが、その呼吸を調整し始める。

呼吸を操ることで、その身体能力を上限なしに高めることのできる呼吸スキル。

「……『炉の呼吸』『破の呼吸』」

それを加減なしにドンドン高めていく。

しかも呼吸スキルの効果はそれだけではない。

アイスルートの静かな攻撃によって、周囲の空気は氷点下レベルにまで低温化しているのに、エイジの吐く息だけはまったく白くならない。

エイジのいる周囲の空気だけが、まったく低温化していない。

「何故……!?」

その事実に気づいたギャリコも戸惑う他なかった。

温度の変化は、空気を通して伝わっていく。その空気を吸って吐くのが呼吸。

その呼吸スキルを万の値まで極めたエイジなら、呼吸を通じてその温度を制御するなど容易いことだった。

身体能力を上げることだけが、呼吸スキルの芸ではない。

「……『弐の呼吸』『穂の呼吸』『衛の呼吸』」

そして充分の呼吸を整え、全身に力をみなぎらせたあと……。

「ソードスキル」

すべての音が、斬り裂かれて消えた。

「『一剣倚天《いっけんいてん》』」

聖剣の覇勇者が、その証明とする究極ソードスキル『一剣倚天』。

それがギャリコ万感の自信をもって作成された魔の刃から放たれる。

ピシリ。

氷上に細く長い一本の亀裂が走った。

『一剣倚天』の斬閃がアイスルートに刻んだ刀傷。

「あんな……！　小さい……！」

それを見てギャリコが絶望的な声を上げた。

『一剣倚天』は失敗したのか。また剣がエイジの絶技についていけなかったのか。

「心配しないでギャリコ」

エイジが言った。戦いの終わりを告げる穏やかな声で。

「『一剣倚天』は成功した。ヤツの生も死も、斬滅された」

「えッ⁉」

「……焼き尽くすのが火の力。流し潤すのが水の力。吹き飛ばすのが風の力。……では、天の力とは何か？」

エイジは言う。

「天の力は『決める力』。この世界にあまねく満ちる運命を決する力、それが天の力。その天によって放たれる剣こそが『一剣倚天』」

剣そのものを天が下した決定とし、相手の生も死も消滅することを決めた剣。

その絶域こそ、すべてのソードスキルを極めた末にたどり着く剣の覇者の領域。

「残忍なる魔のモノよ。お前はもう死んだ。いや死すら消し去られた。我が天に倚る一剣で、お前の生も死も斬滅されたのだ」

ピシリ、ピシリ。

亀裂の割れる音が、途絶えることなく鳴り続ける。『一剣倚天』によってアイスルートの氷塊に刻まれた刀傷が、どんどん広がり伸び始めていた。

氷の道を伝って、どんどん伸びる。割れて伸びる。

氷の道を遡るかのように。

＊　＊　＊

『!?!?!?!?!?』


覇王級モンスターはここで初めて、異様さに気づき慌て始めた。

その本体は、ドワーフの都の外を流れる川の遥か上流、水源地に陣取っていた。

本体形状はリンゴ大の赤い球体で生命感の欠片もない。それでもその小さな体にすべてを凍らせ尽くすほどの膨大な冷気を所蔵し、川全体を凍らせそこからドワーフの都へ氷の道を伸ばしていた。

人類種が、この水源にたどり着くなら全力で走っても四半日はかかることだろう。

だからアイスルートは安心して、人類種のねぐらに氷結攻撃を仕掛けることができる。

なのに……。


『!?!?!?!?!?』


モンスターは得体のしれない恐怖に混乱していた。

人間族が刻んだ、氷の上に刻んだ刀傷が、ひとりでに亀裂を広げ、氷の道を遡ってくる。

まるで本体へと迫り登ってくるかのように。


『!?!?!?!?!?!?』

どれだけ温度を低下させ、空気中の水蒸気を取り込み氷を肥大化し、亀裂を塞ごうとしてもまったく塞がる気配がない。

その間も亀裂は伸び続ける。

本体へ向かって一直線に。

まるで何者かが、亀裂を塞ぐことに許可しないかのように。どれだけ氷を肥大化させて溝を塞ごうとしても、それができない。

言い知れぬ恐怖が魔物を襲った。

このまま亀裂が、氷を伝って本体の下へ到達したら。

そうしたらどうなる。

『!!!!!!!!!!!!』

ただの球体であるアイスルート本体に、悲鳴を上げる器官はない。

それでも悲鳴を上げるような恐慌ぶりで、アイスルートは氷の中にある本体を、そのうちから飛び出させて、氷から分離した。

まるでトカゲのしっぽを切り落とすかのように。分離することで、もはや氷の道はただの氷となり、都市を襲う機能は失われた。

攻撃は中断せざるを得ないが、正体不明の恐怖から解放されて一安心……。

ピシリ。

亀裂の広がる音が、赤い球体のすぐ傍で鳴った。

既に氷から は分離して、本体たる赤球は宙に浮くだけなのに。

それでも氷が引き裂かれ、砕けるような音が、アイスルート本体の耳元というべき近くで聞こえてくる。

ピシリ、ピシリピシリピシリピシリピシピシピシピシピシピシピシピシ……。

無数に無限に広がる亀裂。

そして覇王級モンスター、アイスルートは気づいた。

その亀裂、いや刀傷は、本体たる自分自身に刻まれているのだと。

『――――――――――――――――――――――――ッッ!!』

異形なるモンスターの、音なき悲鳴が上がった。

それと同時に氷魔の本体たる赤い球体は、千よりもさらに細かい斬片となって散り消えた。

この結末を避けることはできなかった。

何故なら、アイスルートの生も死も斬滅されたことは、エイジが一剣を振り下ろした時既に決まっていたのだから。

天に倚って『決める力』を操る剣。

その力で斬るものの生も死も消し去ってしまう剣。

それが究極ソードスキル『一剣倚天』。

54　伸縮自在の抱擁

「やった！　勝った、勝ったわ!!」

ドワーフの都、西門を制圧したアイスルートの氷も、今や真っ二つに割れて沈黙するのみだった。

氷塊から魔の生命力が抜け去っているのは人類種の目から見ても明らか、あとは自然解凍を待てばよいと言ったところだろう。

「エイジ！　剣！　キリムスビを見せて!!」

ギャリコによるお馴染みの戦闘後診断が始まる。

魔剣キリムスビを手に取り……。

「鍛冶スキル『状態把握』!!」

研ぎ澄まされた鍛冶師の感覚で、剣の状況を精査する。

「……凄い！　刃毀《はこぼ》れ一つも柄のぐらつきもない……！　成功よ成功！　魔剣キリムスピは成功作よ！」

以前、兵士級アイアントを素材にした魔剣アントナイフは、『一剣倚天』の威力に耐えきれず塵《ちり》しか残らなかった。

しかし覇王級ハルコーンより純化したオリハルコンを打って作りし魔剣キリムスピは、同じ絶剣技に一点の曇りなく耐えてみせた。

これを成功と呼ぶには充分であろう。

「そうだな。とにかくこっちの用も済んだことだし。他を助けに行くとするか」

本来大仕事である覇王級モンスター退治を成し遂げたというのに、エイジたちは一息つく暇もない。

何せドワーフの都を襲う覇王級モンスターは、まだあと二体残っているのだから。

「当初の予定通り、南方面へ向かおう。ドレスキファのヤツ、デスコールに焼き殺されてなきゃいいが……！」

「うん、でも……！」

ギャリコが心配そうに確認する。

「セルンの方は大丈夫かしら？」

都に襲来する三覇王。

そのうち東方面を襲うモンスター、ソフトハードプレートを担当するのは人間族の勇者セルン。

本来、覇勇者でなければ倒せないとされる覇王級モンスターに、ただの勇者が挑んで何とかなるものだろうか。

「大丈夫さセルンなら」

今やエイジの、セルンに寄せる信頼は盤石と言っていい。

＊　＊　＊

同時刻。

問題のセルンとドワーフの四勇者たちは、いまだ現場へ向けて駆けている最中だった。

とかくドワーフは足が遅い。

「しかしビックリだねえ、人間族の覇勇者だけでなく勇者も一緒に来ていたなんて」

「セルンちゃんって青の勇者なの!?　オレと一緒だね！」

「やっぱり鎧着てるのってかっこいいから？　でも人間作の鎧はデザイン性が欠けてるねえ……！」

「質問！　セルンさんはあの覇勇者と付き合ってるの!?」

緊張感がまるでない。

一緒に駆け走るドワーフ四勇者を背に置いて、セルンは額の血管がブチ切れそうになった。

そもそも足の遅いコイツらを置いて一人で振り切れば、セルンはとっくに現場へとたどり着いている。

「アナタたち少しは気を引き締めなさい！　この先には定義上、私たち勇者クラスでは手に負えない覇王級モンスターが待ちかまえているんですよ！」

「だからー、ボクたちが無理して立ち向かわなくてもいいんじゃない？」

「そうそう、何とか足止めしていれば、ドレスキファ様か人間の方の覇勇者が、自分の担当片付けたあと救援に来てくれるって」

「それまで頑張ってしのぎましょう！」

ダメな連中であった。

最初から勝てないと決めてかかって、上役である覇勇者に丸投げしてしまっている。

「アナタたちの気構えはともかく、私は相手を倒すつもりで戦います。アナタたちもそのつもりで聖鎚を振るってください！」

「えー？　セルンちゃん真面目過ぎー？」

「あまり気合い入れすぎると早死にしちゃいますよー」

前途多難過ぎた。

こんな連中を率いるぐらいなら、むしろ一人で戦った方が勝ち目が上がるのではないか。

そう思わざるを得ないセルンだった。

そうこうしているうちに着いた。

戦場に。

「これは……⁉」「うわぁ……⁉」「板⁉」「鉄の⁉」

ドワーフ勇者たちが、その異形を目の当たりにして驚き戸惑う。

覇王級モンスター、ソフトハードプレートは鉄の板そのものだった。

黒光りする金属質の平べったい四角形。まさしく板が、空中にふわふわ浮遊している。

ただそれだけ。

大きさ、というか面積は、狭い部屋の壁一面ほどもあり。大きく広い分また異形。

モンスターかどうかというより生物かどうかというのも疑わしい。

セルンたちが駆けつけた時には既に城壁を破り、都市内に侵入してしまっていた。

ここで一歩でも後退すれば、モンスターは居住区に侵入して人的被害は計り知れない。

「フン、覇王級だ何だって散々ビビらせてくれたのに、実際見てみたらふざけた見てくれだぜ!!」

ドワーフ勇者の一人、黒の聖鎚を持つ男ドワーフが勇み出る。

「デグ!?」

「こんな鉄板、オレッちの一発で木っ端微塵っしょ！　一撃粉砕でドレスキファ様を驚かせてやろうぜ!?」

少しでも勝てそうな気分になると欲目を見せる。

「待って！　待ちなさい！　覇王級を見た目だけで判断したら……！」

セルンの制止も聞かず、突出する黒の聖鎚。

「当たって砕けろ！　ハンマースキル『ビッグインパクト』!!」

力任せに振り下ろされるハンマーの一撃は、ハンマースキル値に応じて打撃力を上げる基本的ハンマースキルだろう。

浮かぶ鉄板は回避動作もせず、鎚の一撃をまともに受けた。

「どうでい!!」

クリーンヒットの感触に満足げなドワーフ勇者。しかし……。

「!?」

すぐに違和感に気づく。

鉄のように硬いと思われた板が、ハンマーの打撃に合わせてグニャリと歪《ゆが》み伸びた。

ハンマーによる打撃は、その歪みに完全に吸収されている。

「覇王級モンスター、ソフトハードプレートは自分の体の硬さを自在に操れるんです！

ゴムのように柔らかくなり、あらゆる攻撃を分散吸収してしまいます!!」

「なんだってぇ!?」

「そして、ひとたび硬くなれば覇王級モンスターゆえ、その硬度は鋼鉄の数百倍……！」

ゴムの弾力でハンマー攻撃を完全に跳ね返したあとソフトハードプレートは元の鉄板形態に戻る。

攻撃失敗した黒の聖鎚デグは、その懐に無防備で飛び込んでしまった形となる。

そんな彼の眼前で、鉄板の中心に一本縦の線が入った。

上から下へとまっすぐ伸びる、左右を綺麗に分ける線。

それが折れ目の線だとわかった時にはもう遅かった。

「二つに……折れ……!?」

平らな鉄の板が、二つ折りになればどうなるか。

黒の聖鎚デグは、その折れ重なる鉄板の間にいた。左右から迫ってくる鉄の板。

それに挟みこまれれば、一体どうなるか。

「いけない！　逃げて!!」

セルンが叫んでももう遅い。

「うわあああああああ～～～～～～ッッ!?」

55　折り目に沿って

「ソードスキル『一刀両断』!!」

青の聖剣より放たれる高威力のオーラ斬が、鉄の板を直撃。吹き飛ばす。

「おおッ!?」

二つ折りに折れている最中は体を柔らかくできないのか、空中を大きくグワングワンと回転しつつ飛ぶ巨大板。

しまいには、街角に立つ銅像に衝突することで止まる。

ドワーフの街には、自族の鍛冶技術を鼓舞したいのかやたらと街中に銅像が立っているが、その一つはソフトハードプレートとの衝突を受けることで無残な形になった。

よりにもよって、二つ折り途中の間に挟まってしまったのだ。

ソフトハードプレートは、勢いのままにピッタリと二つに閉じた。

そして開いた。

まったく元の一枚の板に戻った時、二つ折りの間に挟まれた銅像はぺしゃんこに潰れ、原形を少しも保っていなかった。

「もし……、あの板吹っ飛ばされていなかったら……！」

銅像より前に、二つ折りの間に位置していた黒の聖鎚デグが震える。

「オレっちがあの銅像みたいにぺしゃんこに……⁉」

想像するだけで身震いする。

「あれが覇王級ソフトハードプレートの基本攻撃です。敵からの攻撃はゴムのように柔らかくなって吸収無効化し、逆に自分からの攻撃時は鋼鉄以上の硬さとなり、二つ折りになって敵を挟み潰す……！」

知識では知っているが無論セルンも目撃するのは初めてなので、恐れで体が震える。

「基本的には攻撃時の硬化状態を狙うのが必勝の術ですが、聖剣ではその状態ですら掠り傷も負わせられない……！」

セルンの言うように、『一刀両断』をまともに食らいながらソフトハードプレートは吹っ飛ばされただけでダメージらしきものは負っていない。

基本的な防御力それ自体が格違いだった。

「……やはり覇勇者と覇聖剣でなければ、覇王級に傷をつけられないの？」

「やべぇ、やべぇよ……!?」

聖鎚の勇者たちは、すっかり戦意を喪失していた。

「やっぱり覇王級はハンパねぇ……！　ドレスキファ様に何とかしてもらわないと……！」

「アタシ嫌よ！　ペシャンコになって死ぬなんて!!」

「やっぱりただの勇者じゃ覇王級には勝てないんだ！　戦ったって無駄だ!!」

まだ本格的な衝突も始まっていないというのに、戦線が瓦解《がかい》してしまっている。

都市防衛を重視するあまり勇者たちを都市から動かさず、実戦経験を積ませてこなかったツケがここに現れていた。

困難を乗り越えてこなかった精神は、少しの逆境ですぐ挫けてしまう。

「泣き言を言っている時ですか!?」

ただ一人、エイジの下で幾多もの困難を乗り越えてきたセルンが気丈に叫ぶ。

「体勢を組み直して！　敵を迎え撃つのです！　ソフトハードプレートはまたすぐ襲ってきますよ!!」

「ダメだよ！　逃げよう！　あんなの敵いっこないよ!!」

「そうよ！　覇王級は覇勇者が倒すべきものでしょう!?　アタシたちには関係ないのよ!?」

もはやドワーフ勇者たちは戦意喪失してしまっていた。

そんな、もはや勇者と呼ぶこともできない敗残兵たちに……。

「勝てる戦いだけを許してもらえると思っているのですか!?」

セルンは最後の喝を与えた。

「私たち勇者の役目は勝つことではありません。モンスターから人類種を守ることです。守るべき人々のために、勝てない戦いに挑まなければならないこともあります！」

ソフトハードプレートは、既に街の中に侵入している。

ここで誰かが戦わなければ、多くの戦えない人々があの魔物に挟み殺される。

「それがわかってなお戦えないというのなら、仕方ありませんこの場から去りなさい。でも、去った者は以後二度と勇者を名乗ることを許しません!!」

勇者の資格は、聖なる武器を持つことでも豪奢《ごうしゃ》な鎧をまとうことでもない。

人々を脅威から守ることが勇者を名乗る資格なのだ。

「「「「……」」」」

セルンの檄が終わったあと、その場から動く聖鎚の勇者は誰一人としていなかった。

「……上等です」

強敵ソフトハードプレートも『一刀両断』で受けた衝撃からやっと立ち直って獲物を再物色し始める。

「皆さん聞いてください。私たちであの怪物を倒す作戦を考えました」

＊　＊　＊

「作戦はわかったけど……！」

「正気かよ⁉　しくじればアンタが真っ先に死ぬぜ！」

作戦を伝えられたドワーフ勇者たちは、戸惑うばかりだった。

よほど大胆なことを聞かされたらしい。

「どの道私たちでソフトハードプレートを斬り裂くにはこれしか方法はありません。私は、踏みとどまったアナタたちを勇者と認めました。あとは信じるのみ‼」

戦闘の布陣は、セルンを先頭に置いて後方をドワーフ勇者が固めるという様相。

その前に平坦の鉄魔ソフトハードプレートが立ちはだかる。

「なんか……、最初より大きくなってない……？」

「一度ゴム状に柔らかくなってから伸張、表面積を大きくしたんでしょう。我々を一挙に飲み込むために」

鉄板は既に鋼鉄よりも硬くなり、その中心に上から下への直線が走る。

二つ折りになって、目標を挟み潰す前動作だった。

「来ますよ！　手筈通りに‼」

「ちっくしょう！」「やってやるわよ！」

青白赤黒の聖鎚を持つドワーフ勇者四人。揃って決死の戦いに臨む。

「「「「ハンマースキル『ビッグインパクト』‼」」」」

四人揃って、同じハンマースキルを同時に放つ。

しかしそれは攻撃のためではなく、むしろ敵からの攻撃を迎え撃つためだった。

「「ふぅうううううううううッッ‼」」

「「ほぉおおおおおおおおおおッッ‼」」

四人二人ずつ分かれて二組。

ソフトハードプレートが挟み潰そうと折り重なる二枚の面を、それぞれが押し支えている。

右側の鉄板を青の聖鎚ダラントと白の聖鎚チューシェ。

左側の鉄板を赤の聖鎚ヴィストリアと黒の聖鎚デグ。

それぞれ自慢の聖鎚で必死に押し返そうと支える。

「ぬあああああッ!?」

「思ったより数段強い！　これ長く支えきれねえぞ!!」

「セルンちゃん早く！　お願い！」

「アンタが決め手なんだからな!!」

ドワーフ勇者たちの援護を受けて、セルンが向かうのは、二つ折りになろうとするソフトハードプレートの、その奥。

いわば谷折りになろうとする折り目の部分だった。

ドワーフ勇者たちが折り重なろうとするのを支えて阻止しているから、その奥まで行ける。

普通に斬りつけたのでは掠り傷も負わせられないソフトハードプレートの鉄板。それを斬り裂くならば、通常よりもなお構造的に脆い急所を突かなければならない。

通常の紙ですら、折り目のついた部分は負担が集まりやすく、そこから簡単に切り裂ける。

覇王級モンスターとて物質の構造学にまで逆らえまい。

折り畳みの奥にしっかりとついた折り目。その長い一線にピッタリと沿う攻撃は、これ以外にない。

「ソードスキル『一刀両断』!!」

しっかりとオーラをまとい、振り下ろされる斬閃。

ソードスキル値１８９０にまで上がったセルンの『一刀両断』は、エイジと再会したばかりの頃とは比べ物にならない威力。

それが構造的にも力の逃げ場がない、もっとも脆い折り目に、少しもずれずに叩きこまれた。

パカンと。

呆気ない音を立てて鉄板は二つに両断された。

「おおおおッ⁉」

「うぃッ⁉」

必死に畳み潰されまいとハンマーを押していたドワーフ勇者たち。

突然拮抗する勢いがなくなり前のめりに倒れる。

「これは……⁉」

「まさか……⁉」

地面に転がる二枚の板。

それは不思議な言い方だが生命力をなくし、もはやただの鉄板にしか見えない。

生きた鉄板は、真っ二つにされて死んだ鉄板となった。

「やったのか……？　オレたち……？」

「勝った……？　勝った……!!」

「オレたち勝ったぞ!!」

「覇王級相手にオレっちら勝ったんだぁぁーーーッ!!」

勝利の喜びに沸き上がるドワーフ勇者たち。

勝てるわけがないと怯え切っていたのが、現金な変わりようだった。

「……ふう」

セルンも、敵の死を充分注意深く確認して、やっと安堵のため息をついた。ドワーフの都に着く直前、エイジから与えられた『残心』の教えを思い出して。

ともかくもこれで東方面の脅威も去った。

残るは一体。

南方面から襲来せし炎のモンスター。

生きた石炭デスコール。

56　覇勇者の煩悶《はんもん》

「ぬうごおおおッ!!」

ドワーフの都、南方面では激しい戦いが展開されていた。

襲い来るは灼熱の魔獣、生きた石炭との異名を持つ覇王級モンスター、デスコール。

その形状は、他所で暴れるアイスルートやソフトハードプレート同様、生物であるかも疑わしい奇怪なものだった。

地中から掘り出される燃える鉱石、石炭。

その燃え盛る石炭の一片一片が、みずから意思を持つかのように集合しさらに大きな一個の生命体であるかのように振る舞う。

無数の石炭の集合体は流動し、様々な形へと変形する。

ある時は単純に山のごとく盛り上がったり、また岩のように圧縮してぶつかってきたり、大きく広がり波のごとく獲物に覆い被さりもする。

そして、石炭一つ一つの高熱によって触れたものすべてを生きたまま焼き尽くす。

その残忍性、破壊力の高さゆえに与えられた階級は覇王級。

やり口のいやらしさ戦い難さではアイスルートの方が上だが、真正面からの率直な強さならばデスコールこそが今回襲来してきた三体の中では一番だった。

それに立ち向かうはドワーフ本来の守護者、聖鎚の覇勇者ドレスキファ。

ドワーフ族の聖なる武器、覇聖鎚を使う彼女こそ、ドワーフの都を守る使命をもつ存在。

しかしそんな彼女も、デスコールという強敵相手に一進一退の攻防にあえいでいた。

『――――!!』

無数の石炭の集合体にして変幻自在のデスコールがまた形状を変化させる。

大きな筒状、もしくは大口を開けた生首のような形態。

とにかく大きく開いたその穴から、猛火が大砲のごとく噴き出す。

「クソッ！　ハンマースキル『シールド・プレーン』!!」

ドレスキファが黄金の覇聖鎚を押し出すと。ハンマーの平面が広がるようにオーラの壁が現れ、猛火を遮る。

鍛冶スキルばかりが取り沙汰されるドワーフであるが、戦闘になればその防御力は定評がある。

身体能力三大スキルの中でも特に耐久スキルの伸びがよく、種族固有スキルとして防御スキルまで存在するドワーフ族。

そのドワーフの勇者ドレスキファァが本気の防御に徹すれば、他種族ならば消し炭となる猛火も防ぐことができる。

だが……。

「あちッ⁉　あちちちちちッ⁉」

相手もまた全モンスターの頂点に君臨する覇王級。

その炎熱攻撃は、ドレスキファァの張ったオーラ壁でも完封できず、僅かに突破した余波がドレスキファァのまとう鎧を熱して、灼熱地獄へと展開させる。

「ぐおおおおお……！　メッキした金が……！」

金は、鉄などよりも融点が低く、既にドロドロに溶け始め装着者たるドレスキファァを苛んでいる。

見た目優先で豪華にメッキしたデメリットが覿面《てきめん》に現れていた。

「くそ、くそッ！　なんで苦戦してんだよオレ……⁉」

防御系のハンマースキルで敵の攻撃を遮断できるものの、スキル発動中は動くこともできないため攻撃もできない。

そのために互いに攻撃の決め手を欠いて千日手の様相を呈してきたが、じわじわと蓄積するダメージ、体力の差は人類種のドレスキファが圧倒的に不利である。

「なんで苦戦してるんだ……!? こんなモンスター相手に、こんな弱っちいモンスター相手に」

デスコールは覇王級。

世間の基準から見ても決して弱い部類ではない。

しかしドレスキファが『弱い』と感じてしまうのは、その直前に出会った怪物を思い出してしまうから。

『敵対者』ウォルカヌス。

地底奥深くで出会った存在は、ドレスキファの肝を粉々に潰した。

元々はギャリコへの執着を捨てきれないと無理やり同行した地底探索。そこで出会ったマグマの怪物は、覇勇者である彼女が膝の震えを抑えきれないほど巨大な存在だった。

エイジやギャリコは、ドレスキファの反応など気に留めてすらいなかったが、彼女はあの怪物に心底恐怖したのである。

もし戦いになれば、一瞬も凌《しの》ぎきれずに焼き殺されてしまうだろうと。

そして今戦うデスコールは、皮肉にもそのウォルカヌスと似通ったモンスター。

どちらも超高熱を発し。

ウォルカヌスはマグマの塊で。

デスコールは石炭の塊。

ただ決定的な違いはデスコールの方が、ウォルカヌスより遥かに弱い。大まかな比較でもデスコールは、ウォルカヌスの鼻くそ程度にも満たぬ強さであろう。

「その鼻くそ相手に……！」

ドレスキファは悔しげに呻く。

「なんでオレは勝てないんだぁぁぁぁぁッッ!?」

『敵対者』ウォルカヌスに比べればザコとしか思えない相手に拮抗するのが精一杯で。

ザコに勝てない自分は何なのかと、胸が掻き毟《むし》られる思いだった。

聖鎚の覇勇者、ドワーフにおいて最強の称号を手に入れた自分は、並び立つ者ない最強者ではなかったのか。

それなのに彼女が求めるギャリコは一向になびかず、そんなギャリコがパートナーと認めたエイジは事実、自分など足元にも及ばない強さを持っていた。

ドレスキファは痛感する。

あの二人はドレスキファのプライドを執拗《しつよう》に完膚なきまでに粉々にしていった。

自分はすべてを手に入れた最強者だと思ったのに。

その上にさらに大きく広がる絶対者のレベルを見せつけられた。

この上本来の使命である覇王級モンスターも満足に倒せないなら。

「オレは何をプライドにすればいいんだよッ⁉　……あつッ⁉」

まとう鎧が熱されて、もはや着ていられないほどの高熱を帯びていた。

しかし脱ぐことはできない。今『シールド・プレーン』を解いたらデスコールの吐き出す炎に焼き尽くされてしまう。

オーラ壁を放出する覇聖鎧から手を離すこともできないのだ。

「クソッ！　クソッ！　オレは！　オレはッ‼」

「何を捨て鉢になっている」

「ッ⁉」

「ソードスキル『虚空勢』」

特殊な太刀運びによって生まれる乱気流が、デスコールの吐く猛火を散らし、デスコール本体まで吹き飛ばし、ドレスキファに一息つく間も与える。

「そーれ！」

「わふッ⁉」

さらに白い何かを大量に浴びせかけられて、戸惑うドレスキファ。

「何だこれ冷たいッ⁉　なんだッ⁉　っていうか誰だッ⁉」

「アイスルートの残骸氷、念のために持ってきて正解だったわね。エイジに細かく削ってもらったから、効率よく冷えていいでしょう？」

やっと人心地ついたドレスキファが確認したのは、一人の人間族の男に、一人のドワーフ族の女。

「エイジッ⁉　ギャリコッ⁉」

「危なげなく耐え凌いでいたようだな。さすがは防御力特化のドワーフ勇者だ」

二人の姿を認めた瞬間、ドレスキファは察した。

彼らはもう自分たちの担当するモンスターを倒してしまったのだと。でなければここに現れる道理はない。

「手を出すんじゃねえ、お前ら……！」

最後の意地が、二人の介入を拒ませた。

「あのデスコールはオレの獲物だ。お前が単独でアイスルートを倒したんなら、オレだって同じことをしなきゃ面子が立たねえ‼」

「ここに来る途中で報告を聞いたが、ウチのセルンとお前のとこの勇者たちはソフトハードプレートを倒したらしい」

そのエイジの報告は、さらにドレスキファの胸を抉った。

一番グズグズしているのは自分なのだと。

「急いであれを倒さないと、アイツらまで駆けつけてきて面目丸潰れになるぞ」

「わかってる！　今すぐ叩き潰してやるから黙って見てろ!!」

「慌てないでドレスキファ！　言ったでしょう、試したいことがあるって」

「？」

そう言えばギャリコは出陣の間際、そんなことをドレスキファに向かって言っていた。

それをエイジが横からギャリコを掻っ攫《さら》いうやむやになっていたのだが……。

「アンタ用の鎧を作ってきたのよ」

「？」

ドレスキファ、一瞬思考停止。

「!?」

思考再開。

「マジで!?　ギャリコがオレのために鎧を!?　ずっとずっと拒否してきたのに!?」

「約束したでしょう、坑道を案内させる代わりに鎧を作ってやるって。……ガブル！」

「ハイですわ!!」

気づけばスミスアカデミー生徒のガブルが、大仰な馬車を引いて駆けつけていた。

「ギャリコお姉さまからの指示を受けて運んできましたの！　この鎧、ワタクシも制作をお手伝いしたんですわ!!」

「元々はエイジとセルンがだべってたのを小耳に挟んでね。閃いたのよ」

通常の鎧は、モンスター戦では何の役に立たない、と。

「それは武器も同じだった。普通の鉄で作った剣もハンマーも、モンスター相手には何の効果もない。それをモンスター素材で作った魔剣なら、ダメージを与えることもできる。ならば!!」

モンスターを素材にして鎧を作れば……。

「モンスターの攻撃にも充分耐えられる、実用的鎧が作れるんじゃないかって!!」

57　裸の完全武装

「そして出来たのがこれよ!!」

ギャリコは、ガブルの引いてきた馬車から鎧櫃《よろいびつ》を蹴り出すように降ろすと、さらに鎧櫃を豪快に開け放った。

中から現れたのは、鈍色の光を放つシンプルなデザインの鎧。

「おお……！」

傍から見ているエイジまでもが感嘆の息を漏らした。

重厚という言葉こそもっとも似つかわしい全身鎧。

「ドワーフの都に来る直前に狩ったムカデ型モンスター、メガリスイーターの殻で作った鎧よ！」

つまりは魔物から作り出した鎧。

魔鎧《まがい》。

「こんな方法で鎧を作るなんてさすがギャリコお姉さま！　凡人の発想を超えています!!」

ギャリコとガブルの鍛冶娘コンビが大はしゃぎで解説する。

このハイなテンションは自信作を仕上げた職人の気分そのものだろう。

「メガリスイーターは勇者級だけど、その強さ硬さは覇王級に限りなく近いと言われている。その殻で作った鎧なら防御力は折り紙付きよ！」

「さあドレスキファさん！　この鎧をまとって戦うのですわ。この防御力なら、覇王級モンスターの攻撃だって、きっと凌げること請け合いですわ」

「ちょっと待って……！」

しかし二人の態度とは対照的に、ドレスキファの口調は重い。

彼女の瞳にも、ギャリコが確信をもって作り上げた魔鎧が映っている。

「なんだよこれ……！　そりゃオレは、何度も何度もギャリコに頼み込んだよ。オレ専用の鎧を作ってくれって。それが実現したと思えば喜びもひとしおだよ。感無量だよ。……でもさあ！」

涙を流しながらドレスキファが言った。

「なんでこんなに地味なんだよ!?　なんでデザインが地味なんだよ!?」

と泣きながらに訴えるのである。

勇者級モンスター、メガリスイーターの殻で作ったという魔鎧は、元となった大ムカデそのままに、極めて漆黒に近い濃茶色で全身を染め、デザインは極めてシンプル。

余計な飾り、前衛性は徹底的に排除し、それゆえに機能性を追求していることがわかる。

しかし。

「オレが求めていたのは！　あの『プラチネスの鎧』みたいな金ピカでカッコいい鎧なの！　こんな渋くてダサい鎧なんか出されても『皮肉なの？　イジメなの？』としか思えねえよ!!」

「いいから黙って着なさい！　『プラチネスの鎧』は所詮調度品でしかないのよ！　あんなの着て覇王級モンスターに勝てるわけあるかあ!!」

「そうです!!　ワタクシもギャリコお姉さまと一緒に作業して納得できたんです！　武器も防具も戦いの道具。機能性がなくては何の意味もないと！　鎧の機能性とは、敵からの攻撃を防いで装着者の安全を確保することですわ!!」

いつの間にかガブルまでギャリコの職人気質に洗脳されていた。

「それだけじゃないわ、鎧の可動域や装着時の快適性、その他色々、これまで蓄積してきたアイデアを盛り込んでみたの！　これを着て、デスコール退治に役立つことはあっても邪魔になることはないわよ！」

「でもぉ……！」

ドレスキファはまだ不満げだった。

「戦場には戦場の美しさがある」

エイジが冷たく言い放った。

その視線は、ダメージから立ち直ろうとしているデスコールをしっかり見据えている。

「お前が求める華美さは、少なくとも戦場の美ではない。その華美さで固めた、今お前の着ている鎧はどうなっている？」

現在ドレスキファが装着中の鎧も、『プラチネスの鎧』と同系統の装飾重視の鎧だった。

しかしデスコールの放つ高熱によって表面の金メッキはドロドロに溶け、細かく豪奢な彫刻は見る影もない。

むしろ食べかけのチョコレートのような混沌さになっている。

「この世でもっともカッコ悪いことは何か教えてやろうか?」

挑発的にエイジは言う。

「普段偉そうに言っていることを、必要なときに実行できないことだ。鎧を着替える時間は僕が稼いでやる。でも長くはもたないぞ」

あまり時間をかけすぎると……。

「勢い余って倒してしまうからな」

そして体勢を立て直したデスコールへ向けて駆けていった。

「おい!　待ちやがれ!　ソイツはオレの獲物だって……!」

ドレスキファは追えなかった。

それまでの攻防で体力を消費しているだけでなく、熱で変形してしまった鎧が彼女の動きを阻害するのだ。

これでは走ることすらままならない。

「ギャリコ……！」

断腸の思いを込めてドレスキファは言う。

「その地味鎧を着れば……！　デスコールに勝てるんだな……⁉」

「それはアンタ次第よ。あくまでモンスターを倒すのは、アンタが振るう覇聖鎚なんだから」

「どうだっていい！　どっち道今の鎧は使い物にならねえんだ！　そんな地味鎧でもないよりマシだ！　さっさと着替えるぜ‼」

その言葉を待ってましたとばかりにギャリコとガブルは発動する。

「装着を手伝うわよガブル！　重装鎧って一人じゃ着れないのがますます面倒よね！」

「その補佐も鍛冶師の仕事ですわお姉さま！　ワタクシ、鎧早脱がせコンテストで一位を取りましたのよ！」

「そんなコンテストがあるの今⁉」

そしていそいそとドレスキファを脱がせて裸に近づけていく。

「…………」

「……あの、ドレスキファさんって……」

「鎧着てると本当に性別不詳なのに、脱がすと途端女の子に……！」

「うるさいな！　オレは最初から女だよ‼」

ぶるんぶるんであった。

＊　　＊　　＊

「待たせたな!!」

デスコールを苦も無く完封するエイジに、漆黒の魔鎧を着た重歩兵が見参した。

「お前の出番は終わりだ！　引っ込んでろ！　デスコールは、この聖鎚の覇勇者ドレスキファが倒す!!」

「ほう、引き締まったじゃないか!!」

魔鎧を装着したドレスキファは、虚飾をはぎ取り機能性だけの裸一貫となった印象だった。

無駄なものが一つもない。

「ではご希望に沿って、通りすがりは身を引くとしよう。元々この街を守るのはお前の仕事だ」

「当たり前だ！　お前らはそこでオレの活躍を見てやがれ！」

エイジの猛攻に晒されることがなくなったデスコールは、早速調子を取り戻して、石炭の集合体である体を筒状に変形させる。

「炎を吐く予備動作だな。どうするつもりだ？」

「ハンマースキル『シールド・プレーン』!!」

ドレスキファの取った対応は、まったく同じだった。

覇聖鎚の先からオーラ壁を展開し、炎を遮断する。しかし以前は炎のすべてをシャットアウトしきれず、高熱の余波にジワジワとダメージを負っていたのが……。

「なんともねえ……!?」

ドレスキファは明るい驚きと共に言う。

「少しも熱くねえ……! さっきと同様『シールド・プレーン』は炎を完全遮断できてないはずなのに。この鎧のお陰か、鎧の防御力が段違いに高いからか!?」

ドレスキファは、みずから『シールド・プレーン』のオーラ壁を解除した。

地獄の猛火が、津波のようにドレスキファを飲み込む。

「おい、バカ……ッ!?」

さすがにエイジも慌てるが、人間族の彼は迂闊に猛火の中へは近づけない。

そしてその必要もなかった。

「熱くねえ……!!」

炎の真っ只中で漆黒の巨体が言う。

「この鎧の防御力だけで、完全にデスコールの炎を無効化してやがる! なんて物凄い鎧なんだ！　さすがはギャリコ！　オレの専属鍛冶師だぜ！」

「だから違うって言ってるでしょう‼」

激流を遡るかのように、ドレスキファは炎を押し分け前へと進む。

その標的は炎の源流、覇王級デスコールの下。

デスコールはその時逃げればよかったのに、炎の勢いを上げて敵を焼く尽くす選択をしてしまった。

しかしどれだけ火勢を増しても、漆黒の魔鎧はビクともしない。

ついにはハンマーの届く距離にまで距離が詰まった。

「嬉しいぜ、やっと抱きしめられる距離まで来たな……！」

慌てるデスコールは吐き出す炎を中断し、石炭の集合体を流動させて逃げようとしたがもう遅い。

「一度間合いに入ったからには絶対逃がさねえ……！　最後はこの技で決めてやる。聖鎚の覇勇者のみが使える究極ハンマースキルでな‼」

58　覇者の証

「覇聖鎚ゴルディオン！　お前の力をここに解放しろ!!」

「覇聖具の真銘を謳った……!?」

神が与えし聖なる武器と、その中でも最高とされる覇なる聖なる武器との決定的な違い。

それは銘があるか、ないかだ。

名は、その存在自体を定義する刻印。

武器もまたみずからの名を与えられることで、その存在を強固とする。

神から聖なる名を与えられた覇聖具は、その名を呼ばれることで真の力を発揮する。

事実、真銘を呼ばれた覇聖鎚は、それをきっかけにハンマーの頭から眩い黄金の光を放った。

「見せてやる！　オレが聖鎚の覇勇者に選ばれた理由！　オレが聖鎚の覇勇者である証！

あらゆるハンマースキルの頂点に立つ、究極ハンマースキルを会得したからだ!!」

眩い黄金に光るハンマーを、そのままに振り下ろす。

「ハンマースキル『イレイズ・オールエイジ』ッッ!!」

それは叩き潰す、という動作には見えなかった。

押し潰す、というべきだった。

ハンマーの頭に触れたモンスター、デスコールの体が塵も残さず消滅していくから……。

「物質を消滅させるスキル……!?」

そのような効果ならば究極ハンマースキルの名を冠するに相応しい。

本来デスコールは無数の石炭の集合体で、急所がどこかもわからず構成素となる石炭を一つ二つ砕いたところで掠り傷にもなりえない。

しかし覇聖鎚によって丸ごと一つ残らず抹消すれば、生き残れる道理もあるはずがなかった。

「消え去れ！　光と共に!!」

覇聖鎚から放たれる聖なる光がデスコールを包み込んだ。

ハンマーの頭に触れただけでなく、あの光に触れたものすべてを消滅させようというのだろう。

徹底的に執拗に、欠片一つ残さずして生きた石炭デスコールは、この世界から綺麗に抹消された。

これにてドワーフの都を襲った多重の脅威は、完全に駆逐し終えたのだった。

＊　＊　＊

＊　＊　＊

「どうだ!!」

自慢げに胸を張るドレスキファ、張った胸が薄布越しにぶるんと揺れる。

戦闘終わって、装備品の調整が行われている今、日頃から鎧で身を固める彼女も通常以上に薄着だった。

ともすれば色仕掛けかと疑われるような半裸姿で、勝利の美酒と酔いしれている。

「勝ったぜ！　オレ一人の力で覇王級モンスターにな！　これでオレとお前は同格、ドワーフの覇勇者は、人間族の覇勇者に少しも劣っていないことが証明されたぜ！」

「散々手こずった末にだけどな」

エイジもまた勝利後の解放感に抗うことなく酒をあおっているが、こちらは酔い方に節度がある。

「そもそもギャリコの作ってくれた魔鎧があったからこそデスコールの火炎に耐えて接近

できたんだろ？　戦いの道具は装飾性より実用性だと身に染みてわかったかい？」

「うるせえよ！　お前だってモンスターに勝てたのは、ギャリコが作ってくれた剣のお陰じゃねえか！　そういう意味でもオレたちは同等だからな!!」

と酔いに任せて迫ってくるたびに、エイジの目の前で豪勢な胸がぶるるん震える。

アルコールに酔う前に、別の原因で悪酔いしてしまいそうなエイジだった。

「……っていうかお前なんでギャリコの作った剣で戦ってんの？　聖剣の覇勇者なら覇聖剣があるじゃん？」

「え？　今気づいたの？」

説明するのが厄介なので、できれば気づかないままでいてほしかったのだが。

「まあ、アレじゃない？　覇聖剣なんかよりギャリコが心を込めて作ってくれた武器の方を使いたいでしょ」

「わかる!!」

わかられた。

「もしかしてオレたち気が合うんじゃないか!?　だよなあ、ギャリコ作の武器も防具も最高だよなあ！　もしやお前いいヤツなんじゃねえか!?」

すっかり馴れ馴れしいのは、勝利の高揚感で気をよくしているからだろうか。

意外というか見た目通りに単純なドワーフだった。

「あー、人間の覇勇者さん気を付けてくださいねー」

「ドレスキファ様酔うとおっぱい触らせようとしてきますからー」

「やっぱ潜在的に自分が女っぽくないこと気にしてるんですよねー」

と気だるげにアドバイスしてくるのは、青白赤黒の聖鎚勇者たちだった。

彼らもソフトハードプレートとの激戦を潜り抜け、達成感とアルコールの酔いに高揚している。

「ではこちらはこちらでー！」

「セルン姐《ねえ》さんを讃《たた》えてー！」

「「「「かんぱーいッ!!」」」」

しかも何故かセルンを中心にして盛り上がっている。

「ちょっと待ってください!!　アナタたち何故私を中心に盛り上がってるんですか!?　ドワーフの勇者ならドワーフの覇勇者を盛り立ててくださいよ！」

「何言ってるんすか！　今日のＭＶＰはセルン姐さんっすよ！」

「ワタシ、セルンお姉さまに惚れてしまいました！　お姉さまになら抱かれてもいい!!」

「出たぞチューシェの百合っ気がーッ!!」

あちらもあちらで盛り上がっていた。

覇王級一挙三体という絶望の上に絶望を重ねたような事態だったが、何とか一般市民に被害を出すこともなく鎮圧。

後始末も滞りなく進んで、気が緩むのも仕方がないと言える。

そこへ……。

「ぬがーッ!!」

「あいたッ!?」

酔い乱れるドレスキファの頭をキレ気味のギャリコが思い切り叩いた。

「どうしたのギャリコ？　そんなにお怒りで？」

勝利の宴《うたげ》にも参加せず、今までどこにいたのか。

「魔鎧の調整してたのよ！　このバカが無防備で炎の中に飛び込むもんだからあちこち大損壊よ!!」

「元の素材が勇者級モンスターなんですから、覇王級の攻撃にそうそう耐えられるわけがないんですわ!!　オーバーホールで下手したら廃棄処分ですわよ!!」

一緒になってガブルまでご立腹だった。

まあ作ったばかりの魔鎧を速攻でオシャカにされたら製作者側は怒りたい気分にもなる

だろう。

「おまけにデスコールは塵も残さず消しちゃうし！　また覇王級の素材が手に入るかと期待してたのにまったくアテが外れたわ！」

「今回まともに手に入ったのはソフトハードプレートの残骸だけですわよ！　まったく覇勇者はやりすぎますわ！　節度をもってぶっ殺してくださいませ!!」

無茶なことを言う。

「いやぁ……！　でもさあ、装着者を守るのが鎧の役目だし、そういう点では大成功だったんじゃない？　ドレスキファが勝てたのもほぼ魔鎧のお陰なんだし……！」

みずからももう数え切れないほどギャリコの剣を折ってきたエイジも強くは言えないのだった。

「まあ、いいデータが取れたって点は収穫だったわ」

ギャリコも素直に認めた。

「どうよドレスキファ？　装飾ばっかりがド派手な鎧と、モンスターの攻撃を確実に弾いてくれる鎧。どっちがお気に召した？」

「それは……!?」

「アタシがアンタの注文で鎧を作りたくない理由、今日のでわかってくれたならアタシも

助かるわ」

執拗にギャリコを求め続けたドレスキファと、ドレスキファを拒み続けるギャリコ。

その擦れ違いの正体を、互いに把握できれば彼女らも前に進めるはずだった。

「アタシはこれからもエイジのパートナーのつもりだけれど、アンタがアタシの作りたいものに納得してくれるなら、アンタの注文も傍ら受けてやってもいいわよ」

「ギャリコー!!」

覆い被さるようにギャリコに抱きつくドレスキファ。

「ありがとう！　ありがとうギャリコ！　じゃあオレのために早速モンスターの攻撃に耐えられて装飾もビカビカなサイコーの鎧を！」

「アタシの話聞いてたの!?　アタシは機能性優先で行きたいの!!　両方の美味しいとこどりとか欲張りなこと考えるな!!」

とさらに宴もたけなわとなる。

ともかくも史上最大の窮地《きゅうち》を完璧に乗り越えたドワーフの都は、安堵と喜びに全体を挙げてのお祭り騒ぎだった。

番外編

ドワーフ温泉

「申し訳ございませんでした‼」

と言って土下座するのは、女商人。

地面に手と額をつけて、最下段まで頭を下げる姿勢はプライドも何もかなぐり捨てる意思表示。

そんなことを面前でやられるエイジも心苦しく、フォローに回らざるを得ない。

「いや、もういいから頭を上げて？　そして帰って？」

目の前で土下座して、エイジを困らせているのはクリステナという女商人。

事の発端は数日前。

外へ飲みに行ったエイジが彼女との間にトラブルを起こし、エイジの方が一蹴した。

クリステナは人間族であるため聖剣の勇者を信奉しているが、エイジが元勇者で、場合によっては覇勇者にまでなっていたかもしれないことを知らなかった。

知ったのは一騒動済んだあと。

商人がもっとも頼りにせねばならない勇者の、最強の部類に入る者をそうと知らずに侮ったのだから致命的だった。

その致命傷を何とか取り繕おうと、今こうして土下座しに来たわけである。

「別に僕のご機嫌取ったって意味ないよ？　どうせ聖剣院とは縁を切ったし」

「いいえ！　エイジ様は今でも人類の守護者です！　しかも最強の！　先日のモンスター襲来でも一番活躍をなさったと聞いていますし‼」

「それで僕の居場所を捜し当てたのか……⁉」

エイジは疲労感のこもった溜め息をついた。

アイスルート、ソフトハードプレート、デスコールの三覇王級が現れた惨事からまだ数日と経っていない現在。

ドワーフの都全体を揺るがす大事件に現地にいながら知らない者はいなかったが、激戦の功労者の情報をも商人は目敏くキャッチしていたらしい。

「商人のそういうところ侮れんよな……⁉」

「先日のお詫びと戦勝のお祝いを兼ねて一席設けております。どうかお越しいただけないでしょうか⁉」

「嫌です」

「そう言わず！　私を助けると思って……ッ‼」

エイジは益々溜め息をついて、同室にいるギャリコやセルンに目配せ。

二人は旅支度の最中。魔剣が完成した今、その刃でモンスターを滅殺しまくるためにも、一所に留まってなどいられなかった。

すぐにでもドワーフの都を発ちたいところに、水を差すように訪問してきたのが彼女だった。

「エイジ様にお気に入られるようたくさんの酒肴も用意していますので！　きっとご満足いただけるかと！」

「………………」

それで先日の失点を雪《そそ》ぎつつ、あわよくば歓心を買おうという算段か。

仮に遂げられればピンチからの大逆転。

聖剣院の勇者……、しかも覇勇者と誼《よしみ》を持つことは商人にとって至上の利益となるのだから。

「しかしやっぱり断るよ」

いまや聖剣院と縁を切り、孤高の風来坊気取りのエイジ。

今さら覇勇者扱いされるのも迷惑だった。

「いいじゃん行きたい」

と言ったのは聖鎚の覇勇者ドレスキファだった。

「勝手に返事するなよ!?　あと何でいる!?」

「ギャリコが作ってくれたオレ用の鎧の再調整のためだよ。タダメシ食わせてくれるってなら行かない理由ないじゃん。しかも人間族の商人さんだろ？　きっと豪華なメシ揃えてくれてるんだろうぜ？」

勝手なことを言う。

まるで彼女も行く気のような口振りであった。

「美味しいごはんなら食べたい」

「ギャリコまで⁉」

「だって都に入ってから資料漁りやら鍛冶仕事やらでロクな食事とってないんだもん。最後ぐらいパーッとやりたいわ」

明日にも旅立つ予定なので、ギャリコにとっては思い出あるドワーフの都で一度も酒宴がないのは可哀相でもあった。

「どうしますエイジ様？」

「うーん……⁉」

セルンからも伺われ、悩むエイジ。

ギャリコは今回魔剣作りに大変頑張ったので何とかねぎらいたいところだが、放浪の身の悲しさかエイジの懐は常に寂しく、大盤振る舞いをする余裕もない。

そこへ現れる、羽振りよさげな商人。

「しゃーない行くか」

「やったーッ！」

喜ぶギャリコ。

「一応言っとくけど、そっちが招くから行ってやるんだからね？　こないだの失礼の詫びとしてもてなされてやるんだから。僕は一切これを借りと思わないから、そのつもりで！」

「もちろんでございます！　たかが饗応ごときで偉大なる勇者様に貸しが作れるなど毛頭考えていません！　すべては感謝を表すため！」

口では畏まって言うが、エイジは知っていた。

こういう『馳走した』『貸してやった』を細かく覚え、恩に着せていくのが商人のやり方だと。

＊　＊　＊

その晩のうちに、エイジたちは招待を受けて宴の場へ。

訪問したのは商人クリステナの屋敷。

彼女は大きな商会に所属しており、屋敷はドワーフの都で活動するための拠点といったところであろうが、そうした拠点をポンと建ててしまえるところに人間族の商人の恐ろしさがある。

「さあ、どうぞ！　遠慮なく召し上がってくださいませ！」

クリステナが用意した料理はそれこそご馳走と言える類で、共に招待されたギャリコは目を輝かせて貪り食う。

何気にセルンも。

育ちが上品なはずの彼女であったが、長旅でひもじい生活が続き豪華な料理に目の色が変わった。

『商人の施しなど受けません！　私は気高き青の勇者です！』

などと訪問前に言っていたのだが、食卓に座って即堕ちした。

「悔しい！　悔しいのに美味しい……ッ！」

そして何故か一緒に付いてきたドレスキファとガブルも堪能《たんのう》し、腹も膨れてきたところで……。

＊　＊　＊

「……ふぃー」

エイジは風呂に入っていた。

何故か。

満腹となってそろそろお暇《いとま》しようというところで、ホストであるクリステナが言うのである。

『ついでにお風呂も召し上がってはどうでしょう？』

と。

実は風呂好きなエイジ、抗うことができず厚意に甘えてしまう。

クリステナの屋敷にある風呂は、驚くべきことに外にあって湯に浸りながら星空を見上げることができた。

「お気に召していただけたでしょうか？　当家自慢の露天風呂でございます」

と解説が入る。

「ドワーフの都では、地面を掘ると暖かい湯が出るようになっていまして、それを温泉と言います。都内各地では温泉を使った施設も多くあって、当屋敷でも温泉を引いて利用してるんですよ」

「それは個人宅で豪勢なことだ。これだから商人はいちいちやることが……？」

……。

「ん？」

そこでエイジは気づいた。

自分は誰と会話しているのだろうと。ここ露天風呂においてエイジはたった一人入浴しているつもりだったが、隣にいた。

彼以外もう一人の入浴者が。

女商人のクリステナだった。

「ほえええぇぇぇーーーーーーーーッ!?」

エイジ絶叫。

さすがの彼とて動揺せずにはいられない。

女商人クリステナはいつの間にエイジと一緒の湯船に入ったのか。

しかも、ここが風呂である以上、入るならば裸である。

クリステナも当然すべての服を脱いで肌を晒し、エイジの隣に寄り添っていた。

緊急事態だった。

「なんで!? なんでキミも一緒に入ってるの!? 僕が既にいるんですけど!?」

「何をおっしゃいます。ここは我が商会の持ち家。住人の私がどこにいようとおかしくないではありませんか」

「そうかもですけれどね!」

湯船につかるクリステナの艶体はゾクリとするほどに色っぽい。湯の上に露出した肩が湯の熱で火照り、殊更妖艶に映る。

しかし浴室といえば、種族男女を問わず服を脱いで入る場所。

そして男女が裸を見せ合うことなど特別な場合を除いて『ない』ことで、それゆえエイジは混乱した。

自分は裸、相手も裸。

唯一の救いというべきか、湯船を満たす温泉とやらは地下湧出《ゆうしゅつ》する関係か色がついており、白く濁った湯のおかげで内にあるもの……。

たとえばパイ的なものとか。

……が見えていないので致命的にはならないが。

「実は私、心配になりまして……」

裸の女商人クリステナ。それまでにないシナを作り、色気を出す。

「今日のおもてなしでエイジ様のご勘気を解くことができたか。先日のご無礼を清算できたかと……」

「いやぁ、充分だと思うよ？」

心なしかクリステナの体が段々接近してくるように思える。

「そこで私、思ったのです。エイジ様にはもっと、もっともっと心の限りおもてなしをするべきだと」

「それで何故風呂に……!?」

ぴとり。

とエイジの膝に何かが当たるのを感じた。

魅惑的なほどに柔らかい感触だった。現在彼の首から下は温泉につかり、温泉は乳白色なので視覚で察知しづらいが……。

湯の中でエイジの膝が接触しているのはもしや……。

「私は商人ですが女です。女だけが提供できるおもてなしはいかがですか?」

「断る! 商人なんかと肉体関係をもったらどんな面倒なことになるか想像もつかない!」

しがらみこそが相手を縛る最強の力。

その力をもっともうまく操る商人にエイジもタジタジであった。

ことにこのクリステナ。『売れるものなら自分の体だって売る』という商魂はまさしく本物。

湯の温かみも手伝って、エイジは食虫植物に囚われたような気分になったが……。

＊　＊　＊

「ねーねー？　屋敷の人が言ってたお風呂ってこっち？」

「ではないですか？　空気が蒸します」

「いいねぇ、腹がいっぱいになったら湯につかって汗かいて、腹すかしてまた食うぜ」

「ギャリコお姉さまと一緒の風呂なんて光栄ですわ！」

どやどやと気配を立てて露天風呂に近づいてくる一団。

エイジは迷わず声を張り上げた。

「助けてえええぇッ!!　皆助けてえええぇッ!!」

湯船で全裸、男女二人きり。

このような状況であれば、やましいことがなくても誤解を恐れて隠れるというのに、その逆を行って存在をアピールする。

さすが覇勇者の判断力であった。

声はたしかに浴場から向こう側へと通じ、そこへいる人たちに通じたようだ。

「その声はエイジッ!?　いたのッ!?」

「しかも『助けて』って言いましたよ!?」

「アイツが助けを求めるなんて余程の事態だぜ⁉」

「ボケッとしていられませんわ！　お風呂場へ突入ですわよーッ‼」

そしてがやがや入ってくる四人。

ギャリコ、セルン、ドレスキファ、ガブルの四人だったが……。

「なんで皆、裸《なだ》⁉」

エイジは雪崩れ込んでくる乙女たちの群れに愕然。

危機本能ですぐ目を瞑ったが、それでも一瞬バッチリ見えてしまった。

普段服を着て日常を共にする美女たちのあられもない姿を。

「きゃあああああっ⁉　本当にエイジがいるうううううッ⁉」

「なんで勢いで入っちゃったんです私たち⁉」

乙女たちも自分の軽率さに今さら慌てている様子がエイジの聴覚越しに伝わる。

視覚ではけっして捉えない。

「おい、そこの人間族。何マッパでエイジに寄り添ってんだ？」

「こ、これは私なりのサービスと言いますか……？」

「人間族の商人らしい、いやらしいサービスだなあ？」

ドレスキファらしき声に窘められてクリステナが怯む。

登場以降、ドレスキファがもっとも頼もしく思える瞬間だった。

「と、ともかくキミらはどうしてここに？」

「風呂場に来るのは風呂に入るために決まってるだろ？　お前に釣られて皆湯を浴びたくなったんだよ」

「そんなこと言っても僕が入ってるんだよ⁉　……困ったな。男湯女湯とかないの？」

基本的には個人宅なので、あるはずもない。

仕方なく最初にいたエイジ、クリステナに加わりギャリコ、セルン、ドレスキファ、それにガブルも同じ湯船に浸ることになった。

「なんでッ⁉」

エイジは相変わらず目を開けられなかった。

露天風呂とやらはやけに大きな造りをしており、男一人女五人が浸かってもスペース的に全然余裕。

だからと言って混浴する意義はあるのかと疑問ではあるが。

「まあいいじゃない。長いこと一緒に旅してきた仲なんだし」

ギャリコがあっけらかんと言う。

「裸を見たの見られたのなんて初めてなわけでもないんだし。この程度でオタついてたら鉱山集落の仕事は務まらないわよ。……あ、でも目を開けたら殺すわよ」

「どっちなんだよ？」

死ぬのは嫌なので固く目を瞑るエイジだった。

「……え？　ちょっと待ってお前ら？　裸を見られたことがあるとかないとか、まさかそういう……ッ⁉」

「ちゃうわよ！　いやらしいッ‼」

ドレスキファの疑わし気な語気に、激しく反応するギャリコ。

「一緒に旅するのは生活を共にすることなんだから、ちょっとした事故ぐらいあるってことよ！　ねえセルンッ⁉」

「はいッ⁉」

セルンの声と共に、湯の跳ね上がる音。

過剰な反応であった。

「ま、まあたしかに？　水浴び中を見られたりとか、同じ毛布で野宿したりとか、旅の中ではありますよね⁉　でもそれは道なき道を行く旅路ではやむないことですから！　サバイバルですから！　不純なことではなく‼」

「だから一緒にお風呂入るぐらい平気になっちゃうのよ」

理屈としては通るかどうかわからない微妙なものだった。

「っていうかアンタたちはどうなのよ？」

「ん？　オレら？」

水を向けられるその他メンバー。

旅の苦楽を共にしたギャリコセルンはともかく、それ以外の入浴者はエイジとの付き合いも浅く男女の恥じらいの方が強く表れそうなもの。

みずからを提供するつもりで湯船に入ったクリステナはともかく、さらにそれを除いたドレスキファ、ガブルなどは今すぐにでも湯船を飛び出していいぐらいだった。

エイジはこの間も目を閉じ悶々《もんもん》としていた。

「わ……ワタクシは、とても恥ずかしいですわ……ッ!!」

ガブルが言った。

スミスアカデミーの学生で、面子の中でも最年少の彼女はもっとも恥じらいを残しているべき年ごろ。

「ギャリコお姉さまと湯船を一緒にするなんて、禁断の花園ですわ……ッ！　頭に血が上って鼻血が漏れそうですわ……ッ!!」

「そっちかよ!?」

スミスアカデミーの先輩後輩としてこの上なくギャリコを尊敬しているガブル。

尊敬が高じていけない感情になってしまうのは女学生の常か。

「ギャリコお姉さまが一糸まとわぬ姿で……ッ!!　ワタクシも裸で……ッ!!　いけませんですわ、いけない世界ですわ……ッ!!」

「落ち着いて、アナタの想像することは何も起こらないからね」

ギャリコが後輩を落ち着かせる中で、もう一人の女人へ注意が向く。

「アナタはどうなんですか、ドレスキファ？」

「あ？　オレかよ……」

聖鎚の覇勇者ドレスキファの口調は面白くなさそうだった。

「オレが見られて恥ずかしがるような体かよ。オレの裸なんか見ても誰も喜ばねぇよ」

「そう言えばそういうこと気にしてましたねアナタ。そういうところ乙女ですよ」

セルンからの指摘に、ドレスキファ益々色をなして……。

「じゃあテメー、オレみたいな女にエロいことしたいと思うのかよ!?　腕も足も太いし、腹だって出てるんだぜ!?　男ドワーフ体型だよ！」

ザバァ……、と盛大な水音。

ドレスキファが湯船の中で立ち上がった音だろう。そうしてみずからの『乙女でない体つき』を見せつけようというのだろうが、傍で聞いてるエイジは頑なに目を閉じて紳士を貫く。

「ほら、これだからテメーも初見で男と間違ったんだろうが⁉」

「改めて見ると凄い腹筋ですね。割れてます」

「ひゃうッ⁉」

可愛い悲鳴が上がった。

これがドレスキファの声だとエイジは確信できなかった。

「おお……！　感触も硬い……！　この強固な筋肉から覇聖鎚の一撃が放たれるのですね？」

「いや……、お前露骨に触ってくんなよ？　触り方エロいぞ？」

「足の筋肉も硬い！　これがドワーフ勇者の体ですか！　パワー重視の重みを感じます！」

「うっせえ！　テメーがその気ならこっちも触ってやらあ！　その無駄にデッカイ実りを！」

「なんですか……？　ちょ！　やめてください胸を揉まないで⁉」

セルンの抗議と共にバシャバシャと水音。それに伴う波打つ感触がエイジに届く。

明らかに誰かが組み合って暴れている。

「おおッ⁉　……おおお……。柔らかい。柔らかい！　なんだこの柔らかさは⁉」

「やめてください⁉　そこは力任せに揉みしだくところじゃありません⁉」

「人間族の勇者ってのは凄《すげ》えな。こんな邪魔なもんくっつけてまともに戦えるとは。絶対ハンデだろ深刻な？」

「私だって好きで大きいわけじゃありません！　それにアナタだって大小で言えば大きい方じゃないですか⁉」

「オレはどこも大きいんだよ！　それに対してテメーは……！　こんなお化けみてえなおっぱいしてるくせに腰はキュッとくびれやがって！　なんだこの細い腰は⁉　ちゃんと内臓入ってんのかーッ⁉」

「ぎゃー、今度は腰を擦られるーッ⁉」

実に乙女的な展開が目の前で繰り広げられていると、目を瞑るエイジは確信した。

見えない見てはいけない。

もし見たら絶対刺激が強すぎて卒倒するから益々エイジは固く目を閉じるのだった。

「……ドレスキファって、そんなに自分の見た目にコンプレックス持ってたのね。知らなかったわ」

ガブルの介抱が一息ついたのか、ギャリコが戻ってきた。

「ならいっそエイジ様に聞いてみては？」

クリステナも今、確実にいらんことを言った。

「なんでそこでエイジだよ？」

「女の美醜《びしゅう》は結局のところ受け取り手は殿方でしょう最終的に？　ならばこの場にいる唯一の男性エイジ様に検分してもらって裁定をしてもらうべきかと」

『何てこと言い出しやがるんだ、このアマ』とエイジは思った。

それはつまり、今の一糸まとわぬドレスキファをエイジが視界に映して感想を言えということ。

「なるほど……!?　……エイジ、どうかな？」

えらく色めいた声がしてきて、ドレスキファの声だと気づくのに数瞬かかった。

「オレの裸なんて見ても嬉しくないだろうけど……、率直に聞きたいんだ。オレの体って女としてアリか？　ナシか？」

「待って！　それに答えるには問題あるというか！　絶対に問題になることをしなければいけない!!」

湯船の中であとずさるエイジ。

しかしそれに合わせて接近してくる気配も感じる。

目を閉じていても、ドレスキファの豊満な体つきが圧となって迫ってくるのを感じた。

その圧に耐えきれなくなってしまったせいか。

エイジは、ふと……。

目を開けてしまった。

そこには極楽が広がっていた。

温泉の湯気が立ち上り幻想的な風景であったが、そこに立ち並ぶ全裸の美女たち。

いずれもそれぞれの方面で一流の女たちであった。

戦いの一流。

クリエイティブの一流。

商売の一流。

それら一流の女たちがいずれも一糸まとわぬ裸形を晒すのである。

豊満なセルン。

小さくも引き締まったギャリコ。

大人の魅力のクリステナ。

ひたすら可愛いガブル。

そして逞しい戦闘用の四肢を持ちながらも、しっかり女の魅力が明確なドレスキファの裸体。

すべての裸体が眼球を通じてエイジの脳に叩きこまれた。

その衝撃は剣の覇者にとっても度が過ぎて……。

エイジはすぐさま鼻血を漏らしながら温泉の中に沈んでいった。

「きゃーッ!?　エイジがーッ!?」

「エイジ様お気をたしかにーッ!?」

「お湯が赤く染まっていくーッ!?」

ドワーフの都の夜空は白桃色に染まっていく。

あとがき

皆様『魔剣鍛冶師になりたくて！』二巻をお買い上げいただきありがとうございました！

作者の岡沢六十四です。


一巻から引き続き、エイジたちの冒険を描くことができて感無量です。

舞台が都会だったために『この御方をどなたと心得る⁉ 勇者エイジ様なるぞ！』的な展開を繰り返すことができて楽しかったです。


それから今回ドワーフの勇者ドレスキファを登場させることができたのにも満足でした。

なんか色々書いてきた結果、自分が女ドワーフ大好きだという性癖が判明してきたので、可愛いドワーフのプロトタイプとしてドレスキファは私のイチオシキャラです。


今回、書籍版に登場させてビジュアル化させてもらったのは本当に嬉しいです。

これからも可愛いドワーフ研究を続けて、さらに可愛い女ドワーフを生み出していきたいと思います！

では最後に、謝辞を。

イラスト担当のＳＡＩＰＡＣｏ．様。美しいイラストを数多く提供くださり本当にありがとうございました。

担当Ｎ様。この作品が世に出たのもアナタのお陰です。本当にありがとうございました。

そして、この作品作りに携わってくださったすべての皆様、手に取っていただいた読者様。

ありがとうございました。

レスティマウト
VS
吠える!
続き、今度は
勝負!
詳しくは「本好きの下剋上」公式HPへ!
http://www.tobooks.jp/booklove

貴族院で奉納式!
本好きの下剋上
司書になるためには
手段を選んでいられません
第五部 女神の化身Ⅱ
香月美夜
miya kazuki
イラスト：椎名 優
you shiina
2020年
6月10日
発売!
あいかわらず、騒々しい
"宝盗り"に
嫁取り
ディッターで

原作小説
その本のない世界で
本を愛する少女は全力を尽くす。
本を読める
世界をつくれ!

コミカライズ
新章へ
公式コミックアンソロジー
第1～4巻
好評発売中！
第三部
「領地に本を広げよう！」
第1～2巻
好評発売中！
第3巻
6/15発売！
漫画：波野涼

本好きの下剋上
原作：香月美夜
イラスト原案：椎名 優
漫画：鈴華
第二部
「本のためなら巫女になる！」
第1～3巻
好評発売中！
第1～7巻
好評発売中！
第一部
「本がないなら作ればいい！」
COMIC コロナ CORONA
TOcomics
TOブックスが贈る
WEBコミック
ニコニコ静画、pixivコミック
にて好評連載中！
ニコニコ静画 seiga.nicovideo.jp/manga/official/tocomics
pixivコミック comic.pixiv.net/magazines/198

魔剣鍛冶師になりたくて！２

2020年5月1日　第1刷発行

著　者　岡沢六十四

発行者　本田武市

発行所　TOブックス
〒150-0045
東京都渋谷区神泉町18-8　松濤ハイツ2F
TEL 03-6452-5766（編集）
　　0120-933-772（営業フリーダイヤル）
FAX 050-3156-0508
ホームページ　http://www.tobooks.jp
メール　info@tobooks.jp

印刷・製本　中央精版印刷株式会社

ISBN978-4-86472-951-2

Printed in Japan